文庫

5分後に意外な結末

ベスト・セレクション

心弾《はじ》ける橙《だいだい》の巻

桃戸ハル 編・著

講談社

目次
Contents

5分後に意外な結末 ベスト・セレクション 心弾《はじ》ける橙《だいだい》の巻

桃戸ハル 編・著

講談社

美しい曲

一人の男が、ペンを握りしめ、机に向かっていた。

男は鬼気迫る表情で、机の上の紙をじっとにらみつけていたが、いつまで経っても、何も書き始めようとはしない。

窓の外から、微《かす》かにピアノの音が聞こえる。近所で誰かが弾いているのだろう。

すると男の顔が、苦しげに歪《ゆが》んだ。ペンを握る手に力が入り、今にもへし折らんばかりである。ブルブルと体を震わせ、やがて男は叫び声を上げた。

「やめろっ！　ピアノを止めろっ！　そんなもの聴きたくもないっ！」

怒鳴《どな》りながら、男はペンを壁に投げつけ、机の上の紙を払い落とした。部屋中に散らばった紙には、五線譜の線だけが引かれていた。

男の名はモーリス・ラヴェル。「ボレロ」など数々の名曲を生み出し、「展覧会の絵」の編曲を手がけた天才作曲家である彼は今、あまりにも深い絶望の中にいた。

たまたま乗ったタクシーで交通事故に遭い、ケガ自体は治ったものの、ひどい後遺症に悩まされることになってしまったのだ。その一つは記憶障害で、彼の頭からは様々な記憶が抜け落ち、うまく思い出すことができなくなってしまった。

事故前の古い記憶ばかりでなく、単純な物忘れも増え、新しく何かを覚え、記憶に留《とど》めておくことも、容易ではなくなった。このことは、彼の日常生活に多くの困難をもたらした。しかし、彼にとってはそんなことよりも、もう一つの後遺症のほうが、受け入れがたく、重大な問題であった。

事故後、彼は極度の言語障害に悩まされるようになり、モノを書くことがしだいにできなくなっていったのである。

書けないのは文字や文章ばかりではなく、楽譜もだった。頭の中では、新しく着想した美しい音楽が鳴り響いているのに、それを譜面に書き写すことができない。

記憶が不安定な彼にとって、それは特に致命的なことだった。着想を得た瞬間に、そのアイデアを譜面に留めなくては忘れてしまうのに、それができないのだから。彼の心を解き放ち、あれほど自由自在だった作曲という行為が、今では困難に満ち、彼を苦しめている。

外から聞こえるピアノの音が鳴り止まず、彼は耳をふさいでベッドにとび込み、頭からすっぽり布団《ふとん》を被《かぶ》ってしまった。

この世に音楽なんてものがなければ、自分もこれほど苦しむことはないのだ。絶望の果てに、彼にはそんな考えさえ浮かぶようになっていた。

実際、音楽には大した価値などないのではないか。だとするなら、音楽に捧げてきた自分の人生もまた、無意味なものだったのかもしれない。

これまで、数多くの曲を作ってきた。しかし、そんなものはすべて、何にもならない、無駄なことに過ぎなかったのだ。

彼は布団の隙間《すきま》から、枕元にある薬の瓶《びん》を見た。中には、まだたくさんの錠剤が残っている。一度に飲んでしまえば、このくだらない人生に終止符を打ち、苦しみから逃れることができるだろう。

彼が手を伸ばして瓶を取り、ふたを開けようとした時、両手が離れ、ふさぐものがなくなった耳に、またピアノの演奏が流れ込んだ。

それが何という曲なのか、彼にはわからなかった。しかし、その美しさに、彼は思わず手を止めた。

ベッドを降り、よろよろと歩いて窓を開け、旋律に耳を澄ませる。気づけば、彼の目から、涙がこぼれ出していた。

瓶が手から滑り落ち、錠剤が床に散らばった。どこからか聞こえてくる、その音色《ねいろ》に、彼は音楽の素晴らしさを思い出さずにはいられなかった。自分は、何という愚かなことを考えていたのだろう。たとえ、それがどんなに困難なことであろうと、もう一度、音楽に向き合おう。そんな思いが、いつしか彼の胸の中にあふれ出していた。彼は、名も知らぬその曲に、深く感謝した。偶然、耳にしたその曲が、自分を救ってくれたのだから。

そこに、一人の友人が、彼を訪ねてきた。荒れた部屋を見て、友人は少し驚いた様子だった。しかし、ラヴェルは、そんなことは気にせず、急いで友人に尋ねた。

「ねぇキミ！　この美しい曲が、何という曲か知っているかい!?」

すると友人は、また驚いて彼を見つめたが、やがて微笑《ほほえ》んで答えた。

「もちろん、知っているよ。これは『亡き王女のためのパヴァーヌ』という曲さ。そして、この曲を作ったのは――モーリス・ラヴェル。そう、キミ自身なんだよ」

それを聞いて、ラヴェルの目から、ふたたび大粒の涙がこぼれた。

二人の会話

ファミレスで席に案内された直後から、通路を挟んで反対側のテーブルのカップルが気になってしょうがなかった。

その理由の一つは、私の問題だから、隣のカップルからしてみれば、知ったことではないだろう。しかし、もう一つの理由は、そのカップルの振る舞いにあった。

私の問題はと言えば、長年連れ添っている妻と、今朝、大喧嘩《おおげんか》をしたことだった。もうお互いに何もかも知りつくしていると思っていたので、まさか六十歳を過ぎて、こんなひどい夫婦喧嘩をするとは考えてもみなかった。

原因はまったく些細《ささい》なことだった。「この数日、変な科学者みたいな男が店にやってきて、わけがわからないことを言う」という私の話を、妻に信じてもらえなかったことから、言い合いに発展し、気づけば、お互いを罵《ののし》っていた。

「あなたは、私の気持ちが全然わかってない。いつも自分の都合のいいように物事をとらえて、想像力が足りないのよ！」

何十年も一緒に暮らしてきたというのに、妻はそんな風に私を怒鳴りつけた。怒りの収まらない妻のいる家に私の居場所はなく、逃げるようにして、このファミレスまで避難してきたのだ。

そして、目にとまったのが、近くのテーブルの若い男女だった。時折、見つめ合って微笑む表情や、それぞれの仕草から、すぐ二人がカップルだと察せられた。

変にチャラチャラしたところもなく、どちらも小ざっぱりとした格好をしていて、見た目だけで言えば、印象のよい若者たちである。

しかし、彼らを見ていて、どうしても理解できないことがあった。目の前に話し相手がいるというのに、二人ともずっとスマホをいじっているのだ。

たまにチラチラと視線を合わせたり、相手の表情をうかがったりはするものの、一言の会話を交わすこともなく、すぐスマホに目を戻してしまう。そしてまた画面を指でいじり始めるのだ。

今の時代、これが当たり前なのだろうか。せっかく恋人同士が一緒にいるというのに、それぞれが自分のスマホに夢中になっている。

そんな二人の姿を見ていて、私はひどく悲しい気分になった。

スマホなんてものがない時代から、寄り添い、見つめ合い、数え切れない言葉を交わしてきた夫婦ですら、ふとしたことで、関係にひびが入ってしまうのだ。二人でいるのに、お互いに話もせず、それでどれほどの関係が築けるというのだろうか。喧嘩という化学反応があるだけ、まだ我が家のほうがましにさえ思えた。

どうにも我慢ができず、私は立ち上がって、彼らのテーブルへと歩み寄った。向こうにしてみれば、余計なお世話以外の何物でもないかもしれないが……。

古い価値観の押しつけだとか、時代遅れの老人のたわごとだとか思われてもいい。それでも私は、彼らの将来のために、言わずにはいられなかった。

私がテーブルの横に立つと、二人は気づいて、スマホから顔を上げた。突然やって来て、仁王立ちで自分たちを見下ろしている老人を、不思議そうな目で見つめている。まだまだあどけない、無垢《むく》な子どものような顔だ。

私は深く息を吸って、人生の先輩として、ハッキリと言った。

「君たちは、恋人同士なんだろう？　せっかく同じ場所にいるんだから、スマホなんて見ていないで、お互いの目を見て、直に話をしたほうがいい。人と人の絆《きずな》というのは、そうやって育んでいくものだろ？」

私の思いは伝わらなかったのだろう。二人は、少し困ったような顔をしている。

やがて、男のほうが鞄《かばん》からノートとペンを取り出すと、さらさらと文章を書いて、私に差し出した。そこにはこう書かれていた。

『すみません。僕たちは耳が聞こえません。なんとおっしゃったのか、このノートに書いていただけますか？』

ペンを差し出されても、すぐには状況が飲み込めなかった。

男がテーブルに置いたスマホの画面がチラリと見えて、私はようやく、彼らがちゃんと恋人同士で会話していたことを理解した。彼らはスマホのチャット機能を使って、文字で話をしていたのだった。

私は内心でひどく狼狽《ろうばい》しながら、逃げるようにその場を立ち去った。

妻の言ったことは正しかった。私はなんと想像力の足りない人間なのだろう。長年連れ添っただけあって、妻は私以上に、私のことをわかっているらしい。

自分の行動を心底恥じながら、そそくさと私は店を後にした。今は、早く帰って妻に謝り、ちゃんと話がしたかった。そうだ、情熱的だった若い頃を思い出して、大きな花束を妻に買っていくのもいいかもしれない。妻の好きな赤いバラがいい。財布にいくら入っていたかな。五十本くらいは買えるだろうか……。

読心薬

今、目の前にいる男が、私は嫌いだ。

同じ大学の研究室で働いている私は、彼が優秀な研究者であり、少し要領の悪いところはあるが、誠実な人間だと周りから評されていることも知っている。

しかし、一見、無害で人のよさそうなその顔の裏には、卑怯《ひきょう》でずる賢い本性が隠れている。私は、ずっと前から、そう思っている。

ただそれは、私と彼が、同じ女性を愛するライバル同士だから、その敵対心が影響しているのかもしれない、という、自分への懐疑心もなくはない。

私が今日、大嫌いな彼の家を訪ねたのは、そんな隠された本性の尻尾を、ついにつかんだからだった。

「君がカーラの心をどうやって射止めたのか、その理由がわかったよ」

私がそう言うと、彼はひどく驚いた様子でこちらを見つめてきた。

「まさか、僕の研究資料を勝手にのぞいたのかい？」

すぐに、そのことに思い当たることこそ、決定的な証拠だろう。

「人の心の中を勝手に盗み見るより、マシだと思うがね」

カーラは、私と彼が同時に愛した女性だった。そして、彼女は今、彼の恋人になっている。私も彼女に気があるということに、彼は気づいていなかったようだが。

そんな恋愛感情の機微《きび》に疎《うと》い彼が、私を差し置いてカーラに選ばれたことが、不思議でならなかった。話し下手な彼が、うまく彼女を口説けたとも思えない。しかし、その謎が、ようやく解けたのだ。

「すばらしい薬だな。副作用もないし、安全性も問題ない……。これを飲めば、目の前の相手の思っていることが、読み取れるようになるわけだ。『読心薬』とでもいったところかな？」

私は、あからさまな軽蔑の視線を彼に向けて言った。

「君はカーラを手に入れるために、その薬を使ったわけだ」

相手の心の中を知りたい。恋愛をしていれば、誰もが一度は思うことだろう。もしそれが可能なら、どれほど楽なことか。自分が相手に嫌われていないか確かめることができるし、駆け引きで迷うこともない。

相手を喜ばせ、好意を抱かせることだって簡単だろう。

だが、人の心を勝手にのぞくなんてことは、最低の行為だ。誰だって心の中には、人に知られたくない秘密をたくさん持っているのだから。

「この薬は、もともと、自分の感情をうまく表現できない乳幼児に対して使うことを想定していたんだ。しかし、君の言う通り、たしかに、僕はカーラへの愛のために、この薬を使ったよ」

ひどくバツの悪そうな顔をして、彼は認めた。

「あら、何の話をしているの？」

ちょうどその時、カーラが、私たちにコーヒーを持ってやってきた。相変わらず魅力的な彼女に、見とれてしまいそうになりながら、私は答えた。

「彼が、どうやって君の心を盗んだのか話していたのさ」

思わせぶりな言い回しに、彼は焦《あせ》った顔をした。

このままここで、彼のしたことを、彼女にぶちまけてやろう。意地の悪い感情が、私の中に湧き上がった。そうすれば、彼女も目を覚まし、自分の選択の間違いに気づくはずだ。そして、彼を捨てて、本当に相応《ふさわ》しい相手の元へと、やってくるだろう。

「そうねぇ、何といっても、決め手は告白だったわね」

そんな私の内心の考えなど知らず、彼女が無邪気に会話に参加してきた。どうせ告白も、うまく心を読んで、彼女の琴線《きんせん》に触れる美辞麗句を並べ立てたに違いない、と私は思った。しかし、彼女の次の言葉は予想を裏切るものだった。

「この人って、もともと口下手だし、緊張もしていたから、たどたどしくて、正直、何を言ってるのかよくわからないくらいだったのよ。でも、なぜか、私のことを愛してるって気持ちだけは、すごく伝わってきたの。まるで彼の心が読めたみたいにね」

私は困惑せずにはいられなかった。彼女のほうが、彼の心の中を見たようなことを言い出すなんて。これはいったい、どういうことなのだろう。

彼女がお茶菓子を取りに部屋から出ていくと、彼が私にそっとささやいた。

「ようやく完成した薬を、告白前に彼女に飲ませたんだ。さっき彼女も言ってたけど、言葉じゃうまく伝えられないと思ってさ。自分の本心そのものをさらけ出して愛を語ったなんて、気恥ずかしくて、誰にも言えないんだけど……」

屈託なく、照れて笑う彼を見て、私は負けたと思った。いくら愛する相手に対してであっても、そんな無防備に、自分の心の中を見せられるものだろうか。私には、とてもできない。

カーラが彼を選んだ理由を、その時、ようやく私は、本当に理解した。

名もなき花

偉大な王が死んだ。

勇猛果敢で、他国との戦では負け知らず。自ら軍を率い、数々の勝利を収めた英雄であった。

しかし、後を継いだ王子は、「本当に、あの王の子か？」と臣下がささやくような凡庸な人間であった。

先王のような覇気《はき》はなく、いつものん気に草花の世話などをしている。それも、品評会に出品できるようなものならともかく、その辺に咲いている野花のような、取るに足らないものを愛《め》でて、喜んでいるのだ。

そんな新王の様子を、先王の代から仕えている宰相《さいしょう》は、嘆《なげ》かずにいられなかった。

ある時、宰相は意を決して、新王に強く苦言を呈《てい》した。

「そんな名もなき花の世話よりも、もっと国家のことを真剣に考えてはくださいませぬか。……臣下の中には、王の指導力を疑う者もいるのですよ」

　宰相がそれだけのことを言うのには理由があった。国は今、隣国と緊張状態にあり、対応の決断が迫られていたのである。

　先王なら、すぐにでも戦争に踏み切るだろう。しかし、新王は、何を考えているのか、いつも通り、花に水やりをしている。

「王よ！　ここは全兵力を投入して総攻撃を仕かけるべきです。兵力は我が国のほうが上。必ず勝利できます！」

　宰相の気迫《きはく》のこもった進言を聞いても、新王は草花を世話する手を止めず、しばらく何も答えなかった。宰相が深い失望を感じかけた時、ようやく新王は口を開いた。

「わが国のほうが兵力が上回っていたとしても、その戦争で、どれだけの兵が死ぬ？　先王の最後の戦争でも、かなりの犠牲者が出たはずだ」

　その言葉に、宰相は腹が立った。戦争で犠牲者が出るのは仕方のないことだ。皆、そんなことはわかっている。それでも国を守ろうとしているのだ。新王は臆病風《おくびょうかぜ》に吹かれている。先王の勇敢さを、母君のお腹の中に忘れてきたのではあるまいか。

「王ならば、名もなき兵のことを気にするよりも、国全体の利をお考えください！」

　すると、新王は言った。

「そなたは先ほど、この草花のことも、名もなき花と呼んだな。しかし、これらの花には、それぞれちゃんと名前があるのだよ。それを、そなたが知らないだけなのだ」

新王の毅然《きぜん》とした口ぶりに、宰相は虚を突かれて、どきりとした。

「同じように、名もなき兵なんて、一人もいはしないのだ。皆、それぞれに名前があり、家族や友人もいて、かけがえのない人生を生きている。国を導く我々が、そのことを忘れてはならない。そうは思わないか？」

宰相は内心でうろたえずにはおれなかった。自分も心のどこかで、新王を侮《あなど》り、見下していたのだろう。先王と比べるばかりで、新王がその胸の中に、自分自身の信念をしっかりと持っているとは、思ってもみなかったのだ。

「そなたが国を思う気持ちは痛いほどわかる。しかし、広く国を見渡そうとして、高いところに立つと、地に足をつけている国民の顔も、地に咲く花も見えなくなる。父上は偉大な王だったが、私たちはそろそろ、別の道を進むべきだろう」

新王は宰相に顔を向け、じっと見つめた。

「私は平和的な交渉によって、戦争などせず、他国と手を取り合い、ともに繁栄する未来を目指そうと思っている。そのためには、そなたのような優秀な宰相の手腕が必要だ。協力してくれるな？　ロベールよ」

そう言って、新王は優しく微笑んだ。

目を見開いて、宰相もまたその顔を見つめ返していた。

やがて宰相の頬《ほお》を、一筋《ひとすじ》の涙が伝った。

宰相は言った――。

「王のお考え、しかと胸に刻みました。ただ一言だけ言わせてください。――私の名前は、アベルです」

小さなウソ

学校では、なぜこんなにも、「将来の夢」を聞かれるのだろう？　僕は、その質問をされると、必ずこう答えている。

「将来の夢は、特にありません。就《つ》きたい職業もありません。だって、未知の感染症がでてきたり、戦争が起きたら、世界がどうなってしまうか、わからないから」

そんな感じだから、僕はクラスで浮いていた。

でも僕は、大人ぶってそんなことを言っていたわけでも、斜《しゃ》に構えていたわけでもない。新種のウイルスが原因でゾンビ人間が現れ、地球が滅びるような未来がやってくるのではないかと、本気でおそれていたのだ。

ケンタと出会ったのは、そんな頃のことだった。夏休み前の中途半端な時期に、僕らのクラスに転校生として、ケンタはやってきた。

ケンタは、不思議な雰囲気の少年だった。すべてを悟った大人のように見えるときもあれば、無邪気な子どものように見えるときもある。大人以上に詳しい知識を披露《ひろう》することもあれば、常識知らずなところもある。

ただキテレツなことをよく言って、クラスの中では、僕と同じように浮いていた。

だから僕らは、仲よくなり、よく遊ぶようになった。

夏休みに入る前の日、僕は、ケンタに呼び出され、学校の裏山に行った。そして、そこで青ざめた顔をしたケンタから、衝撃的な告白を聞かされた。

「コウスケに手伝ってもらいたいことがあるんだ。何も聞かず、協力してほしいんだけど……」

「えっ？　どうして、何も聞いちゃいけないの？　友だちだから、協力するけど、理由くらい教えてよ。だって、友だちなのに、隠しごとされたら嫌だよ」

ケンタは、少し困った顔をしてから、何かを決断したように言った。

「実は僕、西暦二四五〇年の日本からやってきた未来人なんだ。このことは、絶対に誰にも話さないでね。で、困ったことに、乗ってきたタイムマシンが故障してしまったんだ。詳しくは説明できないけど、未来に帰るためには白いカブトムシが必要だから、探すのを手伝ってもらいたいんだ」

ケンタに友だちがいないのは、そんなウソばかりついているからなのだけど、「白いカブトムシを探している」という部分は、本当のことなのかもしれない。

その日、僕たちは、学校の裏山から続く、山の奥深くまで入って、二人で「白いカブトムシ」を探した。しかし、そんなものは、なかなか見つからない。ケンタくんの、「たぶん、このあたりだと思うんだけど……」は、まったくあてにならず、気がつくと、日は暮れ、僕たちは帰り道も見失っていた。

僕は、だんだん怖くなって、ケンタを責めてしまった。

「白いカブトムシなんて、いないんだろ？　二四五〇年の未来から来たなんて、ウソじゃないか！　ウソばかりつくから、友だちができないんだよ!!」

ケンタは下を向いたまま、反論もせずに黙っている。僕は、怖くて悔しくて、どうしていいかわからず、大声で泣いた。いつも学校では、あまり感情を見せない僕は、泣きながらケンタを罵倒《ばとう》した。

すると、その泣き声が捜索隊の耳に届き、僕らは発見された。僕の帰りが遅いことを心配した親たちが、スマホのＧＰＳ機能を頼りに、近くまで探しに来てくれていたのだ。

大人たちに連れ帰られる途中、クヌギの木に白いカブトムシがとまっているのを発見した。ケンタは、嬉しそうに、そのカブトムシを捕まえ、カゴに入れた。

僕は、ケンタを責めたことが恥ずかしくて、その日、何も言わずに別れた。そして、それ以降、夏休みの間も会うことはなかった。夏休みが終わっても、ケンタは学校には来なかった。なんでも、親の都合で、また転校したらしい。
学校から帰ると、ケンタからの手紙が届いていた。

コウスケくんへ
夏休みに、いっしょに白いカブトムシを探してくれて、ありがとう。
コウスケくんが言うように、僕はウソをついてました。
本当は僕は、「二四五〇年の日本」から来たんじゃありません。
やっぱり、コウスケくんには、ばれていたんだね。
カッコ悪いからあんなことを言ってしまったけど、
僕が本当に暮らしていたのは、「二一五〇年の日本」です。
ウソをついて、ごめんね……。
もう会えないかもしれないけど、とても楽しかったよ。

ケンタより

サプライズな贈り物

どうしてこんなことになってしまったのだろう。商品を棚に並べながら、俺《おれ》はため息をついた。

昨日の夜、同棲中の彼女に、思い切ってプロポーズをしたというのに――。

「バンドで成功して、世界的ミュージシャンになる」なんて、途方もない夢を追いかける俺を、彼女はずっと応援してきてくれた。

彼女を幸せにしたい。心の底から、そう思う。でも、俺のバンドがうまくいく気配は一向にない。オーディションを受けても、レーベルに音源を送っても、好意的な反応は得られない。動画を配信しても、話題になることもない。ファンもたいしてついていなくて、最近はライブも盛り上がらない。

彼女のことを思えば、いつまでも複数のバイトをかけもちしながら、こんな状況を続けていいわけがない。俺は、とあるバイト先の会社から、「正社員にならないか」と誘いを受けたのを機に、ちゃんとした職について、彼女と結婚しようと決意した。

しかし、それを聞いた彼女の反応は悪かった。

「どうして夢をあきらめるの？　スーツを着て、通勤電車に乗って、あなたの夢が実現できるの？　私はいつまでも待つのに！」

彼女には、俺が夢から逃げたように見えたらしい。なんとか俺の気持ちを伝えようとしたが、結局、言い合いになってしまった。せっかくのプロポーズが、こんなことになるなんて。

俺だって夢をあきらめたいわけじゃない。夢より大切なものができたのだ。なのに彼女は、俺の気持ちをわかってくれない。

もしかして彼女は、俺と結婚したくないのだろうか。

そんな考えが頭をよぎって、商品を並べる手が止まった。

不甲斐《ふがい》ない俺に、本当は愛想を尽かしてしまっているのかもしれない。それで、あれこれと難癖《なんくせ》をつけて……。いや、まさかそんなこと、あるわけない。でも……。

考え出すと止まらなくなって、俺は仕事が手につかなくなった。彼女の本心が知りたい。そう思うと、いても立ってもいられなくなって、仮病を使って俺はバイトを早退し、彼女と暮らすアパートへと急いだ。

――もしかすると、彼女は家を出て行ってしまったのではないだろうか。

なぜか、そんな予感がして、カギを回す手が震える。ガチャガチャと大きな音をさせ、玄関のドアを開けるのと同時に、俺は彼女の名を呼んだ。

「来ないで！」

部屋の奥から返ってきた彼女の声に、俺は目の前が真っ暗になりそうだった。そんな突き放すようなことを言わないでくれ。すがるような気持ちで、俺は部屋の奥に進んだ。そこで俺が目にしたのは――。

壁にかかった、真新しい、高級そうなスーツだった。

「これ、まさか、俺のために……？」

「……会社勤めするなら、必要でしょ」

彼女は、はにかむように微笑んで言った。

「昨日は、ごめん。突然の話で驚いちゃったの。でも、あなたが本気で二人の将来を考えてくれたんだってことに気づいて……。サプライズでプレゼントしようと思ったのに、包む前に帰って来るから、焦《あせ》っちゃった」

「来ないで！」と言ったのは、そういうことだったのだ。ああ、なんて俺は馬鹿なんだろう。彼女が昨日、あんな態度をとったのは、それだけ俺の夢を本気で考えてくれていたからだ。そして今は、俺の新しい決意を理解して、また応援してくれている。

そんな彼女の愛を、少しでも疑うなんて。こぼれそうになる涙を必死でこらえながら、俺は世界一最高な恋人を、力一杯抱きしめた。

「はぁ、まったくお熱いことで……」

部屋の中で抱き合う恋人たちの様子を、ベランダから一人の男が覗《のぞ》いていた。

男は、パンツ一丁で、寒さに震える体を手でこすりながら、ぶつぶつとぼやいた。

「彼氏が帰って来るなら、俺を家に呼ぶなよな。しかし、彼氏さんもかわいそうに。彼女の浮気相手のスーツだとも知らずに喜んじゃって。隠す暇のなかった俺のスーツを、とっさにあんな嘘でごまかすとは、あの女もやるもんだ。あの彼氏と結婚するのは、ほかにいい相手が見つからなかった場合だけだから、今はまだ結婚しないで遊んでたいって言ってたけど、この調子ならうまくやるだろうな。それにしても、あのスーツ、返ってくるのかな？」

大学寮の怪

「お菓子を食べ過ぎないこと！　それと、ドラマばっか観てないで、早く寝ること！　それから最近、寮の周りを怪《あや》しい男がうろついているらしいから、部屋の鍵はちゃんとかけとくこと！」

「も～、言いつけが多すぎ！　お母さんかっ!!」

おせっかいなことを次々と口にするミユキに、私は思わずツッコミを入れた。

大学の学年も専攻も同じ、それにお互い寮生であるということもあって、ミユキは入学当初からずっと仲のよい親友だ。

人一倍マイペースな私とは逆に、しっかり者のミユキは、一緒にいるうちに自然と、私の世話係のようになってしまった。

特に今日は、年末で管理人もおらず、私たち以外の寮生がみんな帰省している上、ミユキも外出で帰りが遅くなる――つまり、寮にいるのは私だけになってしまうので、ミユキは必要以上にあれこれと心配しているのだ。

ありがたいと思う反面、あまり心配され過ぎると、どれだけ信用がないんだという気持ちになってくる。大丈夫だからと、私は半ば強引にミユキを送り出した。

実際、たいしたことは何一つ起こらなかった。

——ミユキは、いろいろと変な気を回し過ぎなんだよ。

時刻は深夜。私はそんな独り言《ひとごと》をつぶやきながら、言いつけを守らず、ソファに寝転んでポリポリとお菓子をつまみながら海外ドラマを観ていた。

そろそろ寝ようかな。そう思って、体を起こした時だった。

ズルリ……ズルリ……。

何かを引きずるような、得体《えたい》のしれない音が聞こえた。

何の音だろう。それは部屋の外からしていて、少しずつこちらに近づいてきているようだった。私は思わず、部屋のドアを見つめた。

ズルリ……ズルリ……。

不気味な音が、部屋の前で止まった。次の瞬間——。

ドン！　ドン！　ドン！

激しくドアが叩《たた》かれた。ドアを破ろうとでもするような、力任せの叩き方だった。

それから、低いうなり声がして、ドアノブが回された。

ガチャッ……ガチャガチャッ……！

鍵をしっかりかける言いつけだけは守っていたので、ドアは開かなかった。ミユキに感謝した。しかし、ドンドン！　と、またドアが乱暴に叩かれた。

寮の周りを怪しい男がうろついている——ミユキに言われたことを思い出し、私は背筋が凍《こお》った。警察、そうだ、警察に電話しないと……！

でも、さっきまでいじっていたはずのスマホが、なぜか見当たらない。ガチャガチャッ……！　ふたたびドアノブが激しく回される。周りの物をひっくり返して探すと、お菓子の袋の陰にスマホがあった。ドン！　ドン！　ドアを殴打《おうだ》する音が響く。パスワード、いや、緊急通報だから、そういう時は……焦《あせ》って、操作が無茶苦茶になる。低いうなり声がする。手が震えて、番号を何度も打ち間違う。駄目だ。かけられない！

「もうどっか行って！　警察呼ぶよっ！」

私はとうとう、苦し紛れに叫んだ。恐怖で目からは涙がこぼれ出していた。

すると、音が弱まり、やがてピタリと聞こえなくなった。怪しい男は去っただろうか。とてもドアを開けて確認する気にはなれない。私は力が抜けて、その場にへたり込んでしまった……。

そのまま、怯《おび》えて動けずにいるうちに、私はいつしか眠っていたらしい。床の上で目を覚ました時には、窓から朝日が差し込んでいた。私は慌てて部屋の中を見回す。昨夜のままだ。ドアも破られていないことを確認し、ホッとした。

あれが夢であったなら、どんなにいいだろう。しかし、あの時、確かに何かが、ドアの外にいた。私は立ち上がってドアに近づき、恐る恐る開けてみた。

そして、視線を足元におろした瞬間、私は思わず声を上げた。

「ミユキっ……！」

真っ赤に染まった床に、ミユキが横たわっている。背中が大きく切り裂かれた服は、どす黒く変色している。抱き上げて大声で呼びかけても、もう冷たくなっていて、ピクリとも動かない。

廊下には、赤い血の跡が伸びていて、ミユキがここまで這《は》ってきたのだとわかった。あの時、ドアを叩いていたのは、何者かに襲われて、必死で助けを求める、ミユキだったのだ。

警察を呼ばなければならないと思った。けれど、指が震えて、昨夜と同じように、私はどうしても呼ぶことができなかった。

民の心

新しい王の、国民を愛する気持ちを知った宰相《さいしょう》は、感動せずにはいられなかった。

——少し抜けたところのある、若き王ではあるが、これから経験を積み、知恵を身につけていけば、歴史に名を残す名君になるに違いない。

しかし、宰相はふと疑問に思った。

——新王が即位して、もう三年になる。王の民を思う気持ちは、間違いのないものだが、一方の国民のほうはどうなのだろう。王が民を思うのと同じように、国民も王のことを慕《した》い、愛してくれているのだろうか。

宰相は、自らの目と耳で、国民の王に対する気持ちを確認することにした。外国からの旅行客を装い、直接民に質問してみよう。貴族相手には本当のことを言ってくれないだろうが、旅行客になら、本当のことを語ってくれるだろう。

宰相は、露店の店主に、わざと方言まじりの言葉で話しかけた。

「この国は、活気があるな。新しい国王のおかげって、本当かい？」

「そうさな。国王が替わって、商売はしやすくなったな」

宰相は、嬉しくなって続けた。

「皆、国王を慕っているって聞いたが……。たとえば、国王が、国のために必要だから、貴金属や宝石、金貨をすべて差し出してくれって言ったら、どうする？」

「もちろん、国王がそれを望むなら、喜んで国に差し出すよ」

その後も、いろいろな人間に同じような質問をしたが、皆、ほぼ同じ答えだった。

宰相は驚いた。王が、これほどまでに国民に信頼されているとは。そして、最後の質問として、「金貨だって差し出す」と言った露天商に聞いた。

「じゃあ、家にある食料は、どれくらい差し出せるんだい？」

それを聞いたとたん、露天商の表情が一変し、怒鳴るように答えた。

「は？　食料？　タマゴ一個だって渡すもんか。宝石とか金貨とか、持っていないものなら、いくらでも『差し出す』って答えるが、本当に持っているものは、何一つ渡すわけねぇだろ。国王とか貴族とか、顔もよく知らない奴のことなんて、何とも思ってねぇよ。わかりきったこと聞くな！」

愛を語る人

この人が、こんなに情熱的な人だとは、知らなかった。

「世界中の誰より、あなたを愛しています」

突然、そんなことを言われて、私はとまどった。日頃から会話もそれほど多くなく、苦手に感じることさえある相手が、目を輝かせて、私に愛を語り出したのだ。

「馬鹿なこと言わないで」とか、「勘違いしないで」とか、結構、ひどいことも言ってしまったが、どうやら向こうは本気らしい。

けんもほろろにあしらわれても、次の日には忘れたように、また私に愛を語るのだ。

寡黙《かもく》で退屈な朴念仁《ぼくねんじん》だと思っていた人間の、意外な一面を見て、私は驚かずにはいられなかった。

そして、仕方なく、毎日、話を聞いているうち、いつしか気づけば、その口から語られる言葉を聞くことが楽しく感じるようになっていた。

私に話をするときの、幸福と希望に満ちた顔は、見ているこちらまで、つい微笑んでしまうくらいだ。ただ、同時に私は、悲しく思わないわけにはいかなかった。何をどれだけ語られても、私には、その愛に応えることはできない。その理由を、相手には、わかってもらえないだろう。

傍《はた》から見れば、哀れで、滑稽《こっけい》に見えたかもしれない。もはや手にすることができない愛を、そうとは知らず、追い続けている男の姿なんて。

時には一緒に、外へ出かけることもあった。私の振る舞いや、周囲の反応から、何かを察してくれないかと期待したこともある。けれど、そんな日は、いつもより夢中になって、いっそう、話を弾ませるばかりだった。

何にも気づかず、語られる愛の言葉に、私は少し、胸の痛みを感じつつ、しかし、どうすることもできないまま、微笑んで話を聞くことしかできなかった。

そんな日々が終わりを告げたのは、突然だった。

「家にいるときに、急に苦しみ出して……倒れて救急車で……」

連絡を受けた私は、頭が真っ白になりながら、病院へと急いだ。

弱り切った姿を目の当たりにし、悲しくて心配で泣きそうになった。こちらの心配をよそに、向こうは、私を見ると、いつものように、ベッドの上で微笑んだ。

そのまま絞るように出した、微かな声で、私に話をしようとする。

二人で一緒にしたこと、行った場所、どうしてそんなによく覚えているのかと驚くような思い出を、ポツポツと口にする。それから、これから二人でしたいこと、行きたい場所、そんな将来の話を、楽しそうに……。

そして最後に、ポツリと、こんな言葉がこぼれた。

「愛するあなたと一緒にいられて、僕は幸せです。あなたは、僕を愛していますか?」

微笑んでいるけれど、どこか少しだけ、不安げな顔。それを見て、私はとうとう耐え切れなくなった。

「……ええ、もちろん。この世の誰より、愛しているわ」

手を握って言うと、顔から、不安の色が消えて、表情が安らいでいく。

こんな人と一緒になれたなら、きっと幸せだったに違いない。

私はその時、嘘をついたのだ。こぼれそうになる涙を、必死でこらえながら。

「この度は、ご愁傷さまです。手は、尽くしたのですが……」
死ぬ間際《まぎわ》まで愛を語った人――私の父が死んだのは、その数日後のことだった。

「いえ、もうずっと、体は悪かったですから……」

頭を下げる医者に、私は言った。

「……私の知っている父は、寿司職人という職業ゆえなのか、寡黙でムスッとしていて、自分の父親なのに苦手でした。母はこんな人と結婚して、幸せだったのかな、なんてことさえ考えたりして。母は、『お父さんは、昔は情熱的で、今だって本当はそうなのよ。あなたが家を出たあと、大きな夫婦喧嘩をしたことがあってね。お父さん、プイッと家を出ていったんだけど、五十本の赤いバラの花束を抱えて帰ってきたこともあったわ』なんて言っていたけど、とても信じられませんでした」

母が亡くなってから、しばらくして、認知症になった父を、ヘルパーさんに手伝ってもらいつつ、私は介護していた。父はしだいに新しい記憶を失っていき、いつしか私を若い頃の母と勘違いして、自分もそんな母と出会った頃のように振る舞い始めたのだった。そして知った父の姿を思い浮かべながら、私は涙をぬぐって言った。

「母と間違えて、私に愛を語る父を見ていたら、二人が本当に愛し合っていて、幸せだったんだってわかったんです。父の愛に応えられるのは、母しかいません。最後は私が母のフリをしてしまいましたけど、今はきっと天国で、ニセモノじゃなくて、本物の母と再会していると思います」

ライバルたち

病室で目を覚ました男は、自らの足を見て言葉を失った。

足に大怪我《おおけが》を負っていたからではない。そもそも、あるべき足自体が、そこになかったからである。片足の膝《ひざ》から下が、すぽっとなくなっていたのだ。

「スプリングマン」――それが彼のあだ名であった。若くして日本記録を更新した走り幅跳びの選手で、オリンピックでのメダル獲得も有力視されていた。

周囲からの一方的な期待だけではない。彼にもその期待に応える自信があった。だからこそ、自動車事故に巻き込まれ片足を失った絶望は、想像を絶するものだった。

――これから先、何のために生きていけばいいかわからない。

目的を失った虚無感が、彼を押し潰そうとした。

もう跳ぶことができないのなら、最後にこの病室の窓から跳び下りて、すべてを終わりにしてしまおうか。そんな思いさえ、彼は日増しに募らせていった。

「バカ野郎！」

そんな彼を怒鳴りつけたのは、見舞いに来た、かつてのライバルたちだった。これまで何度も代表の座や優勝をかけて、敵として争ってきた選手たちが、今は彼のために涙をにじませている。その中でも、最大のライバルとも言うべき選手が言った。

「お前はこれまで、どんなプレッシャーにも屈せず、俺に一度だって勝たせやしなかった。困難が大きければ大きいほど、押さえつける力が強ければ強いほど、それをはね返すように跳んでいく。だからお前は、スプリングマンなんだろ！　このままお前が立ち上がらないなら、お前は俺との戦いから逃げた、ということになるぞ!?」

彼に激励《げきれい》を送ったのは、病室に来たライバルたちだけではなかった。これまで競い合ってきた国内の選手たち、いや、それだけでなく、国際大会で出会った、世界中の多くの選手たちから、彼を勇気づけるメッセージが次々に届けられたのである。

彼は自分の胸の中に、ふたたび熱い火が灯《とも》るのを感じた。すべてを失ったと思っていた。しかし、自分には、こんなにも多くの、支えてくれる人たちがいる。

──俺は、何も失ってなんかいない。むしろ、多くのものを得たのだ。

その日から、彼の懸命なリハビリが始まった。義足をつけ、普通に歩くことすら、うまくできない状態から、少しずつ少しずつ、自分を鍛《きた》えていった。

義足で歩くことに慣れ、やがて走れるようになり、しだいにその速度を上げ、そしてついに、彼は競技場に戻ってきた。

パラリンピックを目指す選手の一人として、競技用に作った義足をつけ、彼は、ふたたび走り幅跳びに挑戦できるまでになったのだ。

理不尽な運命を、味わった多大な苦難を、すべて弾き返すように彼は跳んだ。

ふたたび競技の世界に戻ってきた喜びを爆発させるように、彼の体は躍動した。

絶望を乗り越えて、好成績を連発する彼の姿に、世界中から、かつてのライバルたちが惜しみない称賛を送った。

そして瞬く間に、彼は、パラリンピックの代表選手の座を射止めた。

さらに、その過程で、もう一つ、彼は大きな偉業を成し遂げた。

事故に遭う前、かつての自分が打ち立てた記録を、彼は塗り替えることに成功したのだ。もはや彼に、足を失ったことを恨む気持ちはなかった。過去の自分を超えた今、このまま自分がどこまで行けるか試したい、そんな未来への情熱だけが、彼を満たしていた。

彼は、パラリンピックのみならず、オリンピックへの出場を目指す決意をした。

自分を支えてくれたライバルたちと、また同じフィールドで競い合う。それこそが、彼らから受けた恩に対する、最大の報《むく》い方に違いない。かつてのライバルたちと、もう一度、本気で戦う未来を思い描き、彼は胸躍《むねおど》らせた。

しかし、彼がオリンピックへの挑戦を発表すると、大きな議論が巻き起こった。

「特殊な義足を用いて競技をするのは、生身の肉体よりも有利になるのではないか？」

彼に心ないバッシングを向ける者も少なくなかった。そして、反対運動を起こし、署名を集める者たちさえ現れた。

そうした批判は、彼も予想していたことだった。俺はスプリングマン、困難が大きいほど、それを跳ね返し、さらに大きく飛躍する——何があろうと負けずに、彼は自らの意志を貫《つらぬ》く覚悟だった。

しかし、ある時から、彼の中にあったその覚悟を支える情熱が、急速に冷えていくのを感じずにはいられなかった。なぜなら、その反対運動を主導しているのが、かつてのライバルたちだったからだ。自分を励ましてくれた海外の競技者の中にも、否定的な意見を発信する者が少なからずいた。

バキッ、と自分の中で、何かが折れるような感覚を、彼は覚えた。そして、スプリングマンは引退し、もう二度と跳ぶことはなかった。

思い出の写真

「俺が死んだら、庭の花壇には、お前が水をあげてくれるか？」

入院中の父親が、力なくそう言うのを聞いて、広樹《ひろき》は悲しい気持ちになった。

広樹の父である洋蔵《ようぞう》は、今年で八十歳になる。昔はたくましかった体も、今では弱々しく衰え、病に侵《おか》されている。いつ何が起きてもおかしくないと、広樹は医者に聞かされていた。倒れて入院してからは、本人も死期を悟ったのか、めっきり生きる気力をなくしてしまったようだった。

広樹は、無理に微笑みを作って言った。

「こんな程度の病気で死ぬなんて、あり得ないだろ？　そんな弱気な発言、親父らしくないなぁ」

できるだけ明るく振る舞ってはみたが、洋蔵はため息をついて、それ以上、何も言わなかった。

最後の頼みは、父親が、「何としてでも病気を治す」と、気力を取り戻してくれることである。

——何か、よい方法はないものだろうか？

ある晩、広樹は家のリビングで、アルバムを開いた。家族みんなで行った旅行や、花見、誕生日パーティー、たくさんの楽しい思い出が、そこには収められている。写真の中には、まだ元気だった頃の洋蔵もいる。

「お父さん、何見てるの？」

物思いに沈んでいた広樹は、声をかけられてはじめて、娘の梨香《りか》が側に立っていることに気がついた。

「わ、懐かしい！　これ私がまだ小学生の頃じゃん」

今では大学生になっている梨香は、身を乗り出して、アルバムをのぞき込んだ。

「これ覚えてる？　近所のお祭りで大道芸をやっててさ、すごい人ごみで、子どもの身長じゃ全然見えなかったの。それでおじいちゃんが張り切って、私を抱き上げようとしたらさ、あはは、笑い事じゃないんだけど、ギックリ腰になっちゃって……」

「あぁ、懐かしいな……」

「……どうかしたの？」

気のない広樹の返事に、梨香は何かを感じ取ったらしい。

「おじいちゃん、今、入院してるだろ？　この頃みたいに元気を出してくれたらと思ってさ」

広樹の言葉に梨香はしばらく考え込んでいたが、やがて思いついたように言った。

「それならさ、今度みんなでお見舞いに行って、このアルバムをおじいちゃんにも見せてあげたらどうかな。これからも、こんな楽しい思い出をみんなで作ろうよって」

広樹は、それはよいアイデアだと思った。たいていの祖父母がそうであるように、洋蔵も孫の梨香には甘い。かわいい孫からそんなことを言われたら、気力を出さずにはいられないだろう。

数日後、早速、広樹たちは家族全員そろって、病院へ見舞いに行った。相変わらずため息ばかり吐いている洋蔵に、持ってきたアルバムを見せる。初めこそ億劫《おっくう》そうだったが、ページをめくるうちに、しだいに洋蔵の顔もほころび始めた。

よし、そろそろだ。広樹が目くばせすると、梨香は察して、洋蔵に言った。

「おじいちゃん！　これからもみんなで、楽しい思い出をいっぱい作ろうよ」

広樹は洋蔵の反応を待った。しかし、洋蔵は何も答えなかった。

駄目だったか——広樹は心の中で、ガックリと肩を落とした。家族の思い出と、かわいい孫の力をもってしても、元気づけることができないとは……。

失望を感じながら、洋蔵の顔を見て、広樹はハッとした。

洋蔵は、涙をこぼしていた。アルバムを見たまま、静かに泣いていたのである。

梨香の言葉に、返事をしなかったんじゃない。感極まって、声を出せなかったのだ。

広樹はそう気づいて、そっと洋蔵の肩を抱いた。

自分たちの気持ちは、しっかりと伝わったに違いない。

――これで父さんも、きっと生きる気力を取り戻してくれるだろう。

洋蔵は、こくこくとうなずきながら、笑顔のままアルバムをめくり続けている。

そして、アルバムの最後のページを開いた。瞬間、洋蔵の顔からは、すべての感情が消え去った。アルバムのそのページには、今の洋蔵の表情とは対照的に、太陽のように明るく笑う洋蔵の写真が収められていた。

自分が取り返しのつかない失敗をしたことに気づき、広樹の顔からも笑みが消える。

その写真には、はがし忘れたフセンがつけてあって、そこには、洋蔵の老眼でも見えるような、ハッキリとした文字で、こう書かれていたのである。

――「遺影用」。

パラドックス

「怪物ミノタウロスがこわくないなんて、信じられない！　だって、うちの母さん、怒ったとき、かならず、『ミノタウロスのいる迷宮にとじこめるよ』って言うもの」

そう抗議の声を上げたのは、大勢の中で初老の男性の話を聞いていた一人の少年だった。時は古代ギリシア時代。初老の男性は哲学者のゼノン。のちの世で、さまざまなパラドックスの提唱者として知られることになる人物である。ゼノンは言った。

「世の中には、直感的に違うと思うことでも、それを証明できないことは、たくさんあるんだよ。たとえば……」

ゼノンを囲む子どもたちの目は、哲学者の言うことを論破してやろうと輝いている。子どもたちにとって、ゼノンとの雑談は、楽しいゲームのひとつだったのだ。

「たとえば……勇者アキレスは、足の遅い亀を追い抜くことはできないんだよ」

子どもたちは、それぞれキョトンとした表情をしている。

「足の速い勇者アキレスと亀が、かけっこをするとしよう。ただし、亀は足が遅いから、アキレスは、亀に十メートル前から出発することを許可するんだ。そうすると、アキレスは、絶対に亀を追い抜くことはできなくなる」

やはり、子どもたちは、ゼノンが何を言いたいのかわからない様子だ。

「だって、考えてみてくれ。アキレスが亀の出発地点まで行くには時間がかかる。その間、どんなに歩みが遅くとも、亀は少し前へ出ているはずだ。次に、アキレスが、その前へ出た亀の位置まで行く間に、亀はさらに少し前へ出る。……結局、この繰り返しになるわけだから、アキレスは永遠に亀を追い越せないのさ」

子どもたちは皆、ゼノンが言うことがまったくのデタラメであることはわかっている。でも、それを論破できないのだ。子どもたちが、悔しそうな表情をしているのを見て、ゼノンは、嬉しそうに目を細めた。それもまた、いつもの光景である。

「ほかに、こんなのはどうかな？『飛んでいる矢は、止まっている』んだよ」

今度は、子どもたちは、ゼノンの問いかけ自体が理解できなかった。「飛んでいる」と言っている時点で、「動いている」ことではないのか？

「ちょっと難しいけどよく聞いてほしい。矢を放って的に当てたとしよう。矢を放ってから的に当たるまでに、当然時間はかかる。その時間を極小にまで分割したとする、つまり、時間が一瞬の集まりなら、それぞれの瞬間で矢は止まっているんだよ。だから、飛んでいるように見えても、矢は止まっているのさ」

自分の時代から二五〇〇年後に、もしゼノンが、静止画を連続させて動いているように見せるアニメーションを見たのなら、自慢気な表情をしたかもしれない。

しかし、子どもたちには、ゼノンの言っていることは理解できなかったようだった。ゼノンは、頭に「？」が渦巻《うずま》く子どもたちを残し、その場を去ろうとした。

と、そのとき、一人の若者がゼノンに向けて言った。

「ゼノンさんが言うことは難しくてよくわかりませんが、僕は、その二つの説を同時に反証することができますよ」

ゼノンは、若者の顔を正面から見据《みす》え、余裕の笑みを浮かべた。「お手並み拝見」と言わんばかりに。若者は、ゼノンに向けて弓矢を構え、冷たい表情で言った。

「ゼノンさん、走って逃げてください。僕は、今からこの矢を、あなたに向けて放ちます。ただし、あなたが、この先の十メートルの地点に到達するまでは、待ちます。ゼノンさんは言いましたよね。あとから追いかけるものは、前を行くものに追いつけないのでしょう？　それに、そもそも、飛んでいる矢は止まっているんですよね？　なら、大丈夫ですよ」

子どもの行方

切れかけた街灯だけが、ジージーと鳴き声をあげる、深夜の住宅街。

「明日も朝から会議だったな。早く帰って寝ないと、身体《からだ》がもたないな」

そうつぶやき、帰途を急ぐ男の目の前に、突然、まだ小学校に通う前の年頃であろう男の子が飛び出してきた。

男が驚いて見ていると、そのすぐ後を、母親とおぼしき女性が必死に追いかける。

少年は、母親に捕まらないよう、必死の様子だ。猛スピードで走り回ったり、フェイントよろしく小刻みなステップでかわそうとするが、やはり大人の足にはかなわず、捕まりそうになる。

少年は、男の背後に隠れると、母親に向かって、「べーッ!」と言った。男の後ろにいるから、顔は見えないが、たぶんアッカンベーでもしているのだろう。

母親は、男に向かって言い訳するように言った。

「再婚相手の連れ子なんです。なかなか母親と認めてくれなくて……。悲しいですけど、母親としての覚悟が足りない私がダメなんですね」

そんな母親の感傷的な言葉を気にすることもなく、少年が叫ぶ。

「お前なんか、ママじゃない！　大きな声で、『たすけて！』って言うからな！　そうしたら、おまわりさんが来るからな！」

その瞬間、悲しげな表情から一転、真顔になった母親が、少年の腕をつかもうとする。少年は、ギリギリのところでそれをかわし、暗い路地のほうへ走り去っていった。母親は、男に向かって軽く一礼をすると、また少年を走って追いかけた。男にはもう、二人の姿は見えなかった。

翌日――。朝食を食べながら見ていたニュースが、深夜の住宅街で起きた事件を伝えていた。それは、駅からの帰り道、昨日、男が母子に遭遇した近辺であった。

若い夫婦が何者かに惨殺されたと報道されていた。

そして、行方不明になっているという一人息子の写真を見て、男は驚いた。昨日、深夜に遭遇した少年であった。

そして画面は切り替わり、ふたたび殺害された夫婦の写真がテレビに大きく映し出された。

「えっ、この母親、昨日の女性じゃないよな……」

テレビの画面の中の母親は、昨日見た女性とはまったく違う顔をしていた。

画面の中の母親は、丸顔で柔和な印象なのに対して、昨日見た女性は、科学者のようなクールな印象だった。

まだ、男の子は行方不明のままである。

あのまま逃げ切ったのか、それとも……。

DV

「あれ、紀子《のりこ》じゃない？」

仕事で外回りをした後、その日は直帰できたので、出先にあったスーパーで買い物をしていくことにした。そこで私は、懐《なつ》かしい顔を見つけた。

紀子は大学の同級生で、たしか、「社長令嬢」という恵まれた家庭環境だったと思う。そのためか、優しくおっとりとした子だった。

「いいお嫁さんになりそう」なんて、時代錯誤なフレーズがぴったりきてしまうタイプで、いくら家庭が裕福でも、そんな純朴な性格で生きていけるのだろうかと、他人事ながらこっちが心配してしまうくらいだった。

「あっ、久しぶり……」

どこか気まずそうな声でこちらに顔を向けた紀子を見て、私は驚いた。

大きめのマスクをしているが、その顔には、マスクでは隠しきれないほどの生傷や青あざがついていたからである。

「ちょっと、どうしたのその顔！」

喫茶店に場所を移して、私は紀子の話を聞いた。傷は夫につけられたものであるという。いわゆるＤＶ、家庭内暴力というやつに、紀子はあっているらしいのだ。

大学を卒業してから、紀子とは疎遠になっていたが、結婚したというのは噂で聞いていた。相手は、紀子の父親が経営する会社のエリート社員だとかで、「紀子は、いい人と出会って、仕事を辞めて、早くに結婚すると思ってた」なんて、友人たちと嫉《しっ》妬《と》まじりの話をしたのを覚えている。

しかし、実際、その相手が「いい人」だったのは、新婚のわずかな間だけだったようだ。紀子の夫は、彼女の父親が亡くなり会社の業績が不振になっていくのと同時に、しだいに横暴になり、気に食わないことがあると、些細なことでも怒鳴り散らし、ついには暴力を振るうようになった。

一度、不機嫌になると、もう手がつけられないらしい。髪をつかんで引き倒されたり、殴る蹴るされたりするのは、もはや日常茶飯事だという。

「でもね、ふだんは、優しい人なのよ。こんな私と結婚してくれたんだもの。私、どうして怒らせることばかりしちゃうんだろう……」

そんな紀子の言葉に、私は腹が立った。そして悲しくなった。

DVの被害者の中には、暴力を振るわれることを愛情表現と思って、「非は自分にある」と考えてしまい、そこから抜け出せなくなる人もいると聞いたことがある。紀子も、そういう状態になってしまっているのかもしれない。

もうそろそろ暑い季節だというのに、紀子は長袖の服を着ていた。袖の端《はし》からは、腕についた痛々しい傷が、わずかに覗いている。きっと体中、傷だらけなのだろう。

そんな状況がいかにおかしく、間違っているか、私は必死で紀子を説得し、弁護士も紹介して、離婚するように勧めた。

「考えてみる」と紀子は言ったが、私の気持ちがどれだけ伝わったかわからなかった。

それからしばらく、私は紀子と会う機会がなかったが、ずっと気にはなっていた。ちゃんと弁護士には連絡をしただろうか。夫とは別れられただろうか。本人に直接確認したかったが、私は紀子の連絡先を知らなかった。前にスマホが壊れた時にデータが消えて、疎遠になっていた友だちの分はそのままになっていたのだ。それを忘れていて、スーパーで会った時も連絡先の交換をしていなかった。

私がようやく、次に紀子と話すことができたのは、数ヵ月後のことだった。

紀子のほうから、電話がかかってきたのだ。私が心配しているという話を、人づてに聞いたのだと、紀子は言った。

やけに明るい紀子の声が、私は気になった。あの後、ＤＶはどうなったのか。少し嫌な予感を覚えながら私が聞くと、返ってきたのは聞きたくない言葉だった。

「大丈夫よ。心配しないで。昨日もね、お腹を蹴られたの。それで私、とっても愛おしい気持ちになって……」

最悪だ。この数ヵ月で、彼女の状況は絶望的なほど悪化してしまったらしい。理不尽な暴力を「愛」だと信じてしまった彼女に、一体どんな説得が通じるだろう。

私が返答に困っていると、それを感じ取った彼女が慌てて言った。

「ごめん、何か勘違いさせちゃった？　夫とはね、もうきちんと別れたの。蹴られたっていうのは、お腹の赤ちゃんによ」

「えっ！」と私は、思わず声を上げて驚いた。

「あなたと会った少し後、妊娠してるってわかったの。それでね、お腹の中のこの子を守れるのは私だけなんだって気づいた時、ようやく彼と別れる決心がついたのよ」

それからしばらくして、連絡先を教え合った紀子から、無事に赤ん坊が生まれたという連絡がきた。一緒に送られてきた赤ん坊を抱いて微笑む紀子の写真——そこに写っているのは、以前とは違う印象の強く優しい女性の姿だった。

古美術横領事件

下坂結人《しもさかゆいと》が、クラスメイトの長谷川龍我《はせがわりゅうが》に声をかけられたのは、学校の図書室で古い推理小説を読んでいたときのことだった。龍我は、成績もよいし、スポーツも万能、おまけに性格もよいのだが、なぜか女子たちには人気がないという、不思議なキャラクターだ。

女子たちは、「長谷川は、エロエロ星人だから」とか、「あいつ、女子を胸の大きさでしか判断しないから」とかと言うのだが、そんな人物には思えない。何か誤解されているか、風評被害にあっているのかもしれない。

ただ、龍我が「天然」であることは間違いなく、最近、ますます天然——というか、それを通り越して、「変人」に近づいているのはたしかなことだ。

今日声をかけられたのも、「結人を名探偵と見込んでのお願い」ということであった。なぜ結人のことを「名探偵」だと思い込んでいるのか、その正確なところはわからないが、以前、龍我に、「推理小説を読むのが大好きで、自分でも作品を書いたりしている」と言ったことが影響しているのかもしれない。

推理小説が好きだというだけで名探偵になれるなら、警察の捜査は必要ない。そんなことを龍我には伝えたのだが、龍我はまったく取り合ってくれなかった。

それに、「名探偵と見込んで」と言うくらいだから、何らかの謎や事件に関する話なのだろう。「お願い」が何なのかという興味は、結人の好奇心を刺激するには十分だった。

結人は、図書室を出て、学校の近くのファストフード店で龍我の話を詳しく聞くことにした。店で席に座るなり、龍我が切りだした。

「日下《くさか》さんから、相談をされたんだよ」

「日下さんって誰？」

「二軒隣に住んでいるご婦人だよ。俺が小さい頃から面倒を見てくれているすごくいい人なんだ。でも、日下さん、近所に住んでる知り合いのおじさんたちから、『裁判を起こす』って言われてるらしいんだ」

「裁判？」と、結人が甲高《かんだか》い声を上げる。

「ご近所トラブルってこと？」

「まぁ、そんな感じかな……」

龍我にしては珍しく歯切れの悪い口調でそう言ってから、続きを話し始めた。

日下光恵《みつえ》は、十年ほど前に小学校の校長を退職して以来、若いころに夫と二人で買った一軒家で、のんびりとした第二の人生を送っていた。昨年の末に天へと旅立った夫との間に子はできなかったので、今は気ままな一人暮らしだ。夫が亡くなったあと、子も孫もいないことを寂しいと感じたことはあるが、今でも慕って顔を見せに来てくれる教え子たちが何人かいるので、教師としては満ち足りた人生だと感じていた。

ある日、光恵が夫の仏壇に線香をあげていたとき、チャイムが鳴った。玄関に出てみると、隣の家に住んでいる赤嶺誠一《あかみねせいいち》だった。

赤嶺は六十代なかばで、背の高い男だ。髪はすっかり白くなっているが、背筋がしゃんと伸びているので、実年齢より若く見える。一人息子が結婚したときに自宅を二世帯住宅に改築し、つい最近も、「もうじき小学校に上がる孫に、いろいろ買ってやりたいけど、年金暮らしじゃあな……」と、ぼやいていた。

「赤嶺さん。どうしたの？」

「光恵さん……。実は、ちょっと頼みたいことがあって……」

申し訳なさそうに赤嶺が言ったあとで、光恵はようやく、二人の男が赤嶺の背後にいることに気づいた。二人とも、赤嶺ほど背が高くないので、見えなかったのだ。

「あら。青砥《あおと》さんと白倉《しらくら》さんじゃない。三人そろって、いったいどうしたの？」

赤嶺のうしろにいたのは、同じく近所に住んでいる、青砥将《まさる》と白倉廉太郎《れんたろう》だった。

青砥はずんぐりむっくりとしたタヌキの置き物のような体型の男で、近くのアパートで猫と一緒に暮らしている。その隣に立つ白倉は、メガネをかけたキツネ目の男だ。たしか、子どもは二人とも家を出て、今は妻と二人暮らしをしているはずだ。

三人の仲がいいことは知っていたが、こんなふうに、そろって深刻な顔をしているのは初めて見た。心配になった光恵は「まぁまぁ、ひとまず上がってください」と、玄関の扉を大きく開いた。

そして、客間に通された三人の男たちは、光恵が出した茶に手をつけるより先に、こう切り出した。

「頼みたいことというのは、これをしばらく預かってもらいたい、ということなんです。預かる、というよりも、我々にもわからないところに隠しておいてほしい。もちろん、ただでとは言わない。これを返してもらうときに謝礼はさせてもらうつもりだ」

赤嶺が光恵に差し出したのは、茶色いヒモのかかった、平たい木の箱だった。なんだろうと光恵が思っていると、その箱を、赤嶺が慎重な手つきで開けた。

中から出てきたのは、大きな皿だった。深い緑色が神秘的で、かなりの年代物に見える。といっても、光恵には、骨董品《こっとうひん》の価値を見極められるほどの審美眼《しんびがん》はない。

ただ、三人の表情があまりにも真剣だったし、古い木箱にも入っていたため、温泉地の土産物屋や、そのあたりのホームセンターなどで購入したものではないだろうということは、光恵にもわかった。

——それにしても、これを「預かってくれ」というのは、どういうことかしら?

大きな皿を前にして首をかしげた光恵に、「実は……」と、赤嶺が説明を始めた。

「我々は三人とも、古美術が好きで、先日、わたしが二人を誘って、蚤《のみ》の市《いち》に行ったんです。そこで白倉さんが、この皿を見つけましてね」

「一目見た瞬間に不思議とひかれて、『三人でお金を出し合って買おう』と提案したんです。でも、あいにく手持ちが足りなくて……。なので、その場は、お金を持っていた青砥さんに全額立て替えてもらって、この皿を買ったんです」

「それであとから、赤嶺さんと白倉さんから、三分の一ずつ代金を受け取った、というわけなんですよ」

どう話すかをあらかじめ決めてあったかのような三人のセリフ割りに、「そうなのね」と光恵は返した。しかし、わからないことがある。

「三人でお金を出し合って買ったお皿なら、三人のものでしょう？　どうして私に、『預かってほしい』なんて？」

「それなんですが……」

つぶやいた赤嶺は、青砥と白倉に目配せをした。

「お恥ずかしい話なんですが、我々には、この皿の実際の価値が、よくわからなくて……。でも絶対に、由緒《ゆいしょ》のあるものだと思うんです。それで、調べようと思っているんですが、その間は、わたしたち三人以外の誰かに預かってもらうのがいいんじゃないかという話になったんです。ウチにはヤンチャ盛りの孫がいるので、オモチャにしてうっかり割ってしまうかもしれないと思うと、不安でね……」

「ウチの妻は、こういう骨董品を買うことに、いい顔をしないんですよ。青砥さんは、『飼い猫がイタズラしたら怖い』と言うし」

なるほどと、光恵は納得してうなずいた。

「そういうことなら、かまいませんよ。ウチには孫も猫もいないし、傷がつかないように、どこかにしまっておけばいいのよね？」

光恵の返答を聞いた三人が、ほっとしたように表情を和《なご》ませる。皿は押し入れにでもしまっておこうと光恵が思いめぐらせたとき、赤嶺がふたたび口を開いた。

「それともうひとつ、光恵さんにお願いしたいことがあるんです。今度、この皿を返していただくのは、我々三人が全員そろったときだけです。一人でも欠けていたら、皿を渡さないでください。誰かが一人だけで皿を取りに来たとしても、ほかの二人の了承がないかぎりは、絶対に渡さないでいただきたいんです」

不思議な条件の意味を、光恵はすぐには飲み込めなかった。しかし、青砥も白倉も、赤嶺の言葉に反発しないところを見ると、どうやら、三人で決めた条件のようだ。それで、なんとなく察した。

光恵は、三人が「共通の趣味をもつ仲間」だと思っていたが、ときに大金が絡《から》んでくる趣味だからこそ、ただの「仲よし」なわけではないのだろう。

たとえば、三人のうちの誰か一人の手にこの皿が渡ると、すり替えたり、ネコババしたりする可能性がある。三人とも、そんなふうに考えて、第三者、つまり光恵に皿を預けようという話になったのかもしれない。

とはいえ、皿を預かるだけなら、三人の本音と建前は自分には関係ないだろう。光恵はそう結論づけ、条件を飲んで、皿を預かることにした。

三人の男たちは一安心した様子で、それぞれの家へと帰っていった。そして、男たちが去ったあと、光恵は考えた末、皿をキッチンの床下収納にしまい、これまでと変わらない日常に戻った。

――五日後。三人の男は赤嶺の家に集まり、縁側で酒を飲んでいた。赤嶺の家は、龍我の家とは反対側の光恵の家の隣である。

「今日は、息子夫婦が孫と妻を連れて、日帰り旅行に出かけてるんだ。夜まで帰らないから、わたしたちだけでのんびり飲もう。つまみは、スルメくらいしかないが……」

「大丈夫だよ、赤嶺さん。商店街で刺身の盛り合わせと焼き鳥をたくさん買ってきたから。ほら、こんなにあるぞ。白倉さんの好きな枝豆もある」

「ははっ、さすが青砥さんだ。僕は今日のために、うまい日本酒を用意したよ。将棋でもさしながら飲もう」

こうして三人は縁側にあぐらをかき、白倉の持ち込んだ日本酒を開け、青砥の手土産であるつまみを広げ始めた。しかし、予想以上に持ち込まれた大量のつまみをのせる皿を、赤嶺は準備していなかった。

「赤嶺さん。何か皿はあるかい？　パックのままっていうのも、味気《あじけ》ないだろ」

「すまん……。妻が怒るんだ。食器を使ったまま洗わなかったことが何度もあって、『お皿を使いたいなら、自分で集めている皿を使いなさいよ！』とキレられて……」

「奥さんが正しいな。まっ、仕方ないさ。パックからつまめばいいよ」

そう言った白倉を制止するように、「いや……」と青砥がつぶやいた。その目は、赤嶺家のお隣さん——日下光恵の家を見つめていた。

「俺、光恵さんに手ごろな皿を貸してもらえないか、頼んでくるよ。いい人だから、きっと貸してくれるだろう。先に、ビールでも飲んでてくれ」

「行ってくる」と腰を上げた青砥は、丸い体でひょこひょこと光恵の家に向かった。

縁側に残った赤嶺と白倉は、青砥に言われたとおり、缶ビールを開けて一足早く乾杯した。赤嶺が用意していたスルメを二人でつまんでいると、「おーい！」という青砥の声が聞こえてきた。見れば、光恵の家と赤嶺の家の間にある低い垣根《かきね》越しに、青砥が手を振っている。そして、青砥の隣に立った光恵が、赤嶺と白倉に向かって声を張り上げた。

「お皿が必要なのぉー？　そっちに持っていくので、いいのねぇー？」

「あぁ、はい！　すみません、助かりますー！」

缶ビールを手に、赤嶺は反対の手を大きく振りながら、光恵に応える。すると光恵は了解した表情になって、家の中に引っ込んだ。

数分後、青砥が「借りてきたよ」と、五、六枚の白い大皿を手に、嬉しそうな笑顔で戻ってきた。その後、赤嶺家の縁側は即席の居酒屋になり、そのにぎわいは、とっぷりと日が暮れるまで続いた。


「なるほど」と、龍我の話を聞いていた結人が、小さくうなずいた。

「日下さんを訴えようとしている、『近所に住んでるおじさん』っていうのが、その三人の中の誰かなのか？　それとも全員？」

「詳しいことは、続きを聞いてくれ」


——さらに五日後。

光恵の家のチャイムが、ピンポンピンポンピンポンとせわしなく連打された。何事かと思って光恵が玄関に出ると、そこには目を血走らせた赤嶺と白倉が立っていた。

「ど、どうしたんです？　二人して、そんなにあわてて……」

「どうもこうもないでしょう！」

気圧された光恵に、赤嶺が嚙みつく。意味がわからず立ち尽くす光恵に、赤嶺はずいっと顔を寄せた。

「光恵さん。あんた、青砥にあの皿を渡しただろ！　『皿を渡していいのは、我々三人が全員そろったときだけだ』って約束したのに！」

「え？　ちょっと、どういうこと？」

「青砥さん、あの皿を『持ち逃げ』したんですよ！」

「どう責任をとるつもりですか!?」

白倉も赤嶺も興奮しているが、光恵には、さっぱり話が見えない。ひとまず落ち着かせなければと考えた光恵は、二人を客間に通すことにした。

そして光恵は、赤嶺と白倉の口から、何が起こったのかを聞くことになる。

――いわく。

今朝、赤嶺と白倉のもとに、青砥から現金書留が届いた。開けてみると、中には、以前、二人がそれぞれ青砥に手渡したのと同じ金額の現金が入っていた。

あのとき、蚤の市で見つけた骨董品の皿を、「三人で金を出し合って買おう」という話になり、その場では、青砥が全額を支払った。そのあとで、赤嶺と白倉は、皿の購入金額の三分の一ずつを青砥に手渡し、「三人で同額を出し合って皿を購入した」ということにしたのだ。

つまり、この現金書留は、青砥があのときのお金を返してきたということを意味する。しかも、そのお金には、こう記された手紙が添えられていた。

——もともと、あの皿の代金を全額支払ったのは私だ。二人が私に手渡してきた金は返す。——「返す」というか、そもそも受け取るつもりはなかったので、こうして返金させていただく。だから、あの皿は私が一人で購入したということになる。

「あの皿の所有権は、私一人にある」

泡を食った赤嶺と白倉は、青砥が住むアパートを訪ねたが、時すでに遅し。青砥は部屋を引き払ったあとだった。あの皿ごと、青砥は行方をくらましたのである。

「実は、あの皿には数千万円もの価値があることがわかったんだ。僕たちより早く皿の価値を知った青砥は、高価な皿を独り占めするために、こんなふざけたことをしたんだよ！」

「あのタヌキじじいめ！」と、赤嶺が客間の畳に座ったまま拳を床に叩きつけ、悪態をつく。白倉も、ふだんは青白い顔を真っ赤に染めて、怒りに震えていた。

「とにかく、この責任はとってもらいますよ！」

そう言って、赤嶺が光恵の鼻先に人差し指を突きつけた。

「こんなことになったのは、『三人がそろっていない場合は皿を渡さない』という約束を破って青砥に皿を渡した、光恵さんの責任だ！　あの骨董品の皿を、我々に返せ！　それができないなら、あの皿の価値を三千万円と仮定して、その三分の一ずつ――一千万円ずつ、わたしと白倉さんに払ってもらう！　わたしたちが手にするはずだった金を、きっちり弁償してもらいますからね！　一千万円ずつなんて、安いくらいだ。払えないなら、裁判所に訴えるからな!!」

「そ、そんな……」

大金を要求されたことで、光恵は一瞬、頭の中が真っ白になった。

しかし、長年、小学校の校長という責務ある立場にいた光恵である。脅《おど》しやクレームには慣れているし、そんなものに屈するつもりもない。

「待ってちょうだい。私は、あなたたちとの約束を破った覚えはないわ」

「は？　この期に及んで何を言ってるんだ！」

「だってあのとき、私は赤嶺さんにも確かめたでしょ。『お皿が必要なの？　そっちに持っていくのでいいのね？』って」

「まさか……」と、赤嶺の唇が動いたのを確認してから、光恵ははっきりとした口調で言う。

「そうよ。あなた方が三人で、赤嶺さんちの縁側でお酒を飲んでいた日よ。あの時、青砥さんは私にこう言ったの。『預けておいた骨董品の皿を渡してくれ』ってね。私、なんだか怪しいなと感じたから、縁側でお酒を飲んでいた赤嶺さんと白倉さんにも確認しようと思ったの。垣根越しに声をかけたわよね。『お皿を持っていっていいのね？』って。そうしたら赤嶺さん、『いい』って言ったじゃない」

赤嶺が、ハッと息を飲んだ。そのときのことを克明に思い出したのだろう。その表情を見た光恵は、自分に非がないことを確信して続けた。

「つまり、私もあなたたちも、青砥さんに利用されたのよ。青砥さんは、あのとき、最初から骨董品のお皿を持ち帰るつもりだった。赤嶺さんも白倉さんも、青砥さんが私から借りようとしたお皿は、おつまみをのせるための食事皿だと勘違いしていた、いえ、勘違いさせられていたのよね。だから、私が『お皿を持っていっていいのね？』と確認したとき、『いい』って言ったんでしょう？　私は、骨董品のお皿について尋ねたつもりだったの。そして私は赤嶺さんの返事を聞いて、集まった三人で合意のうえ、青砥さんが代表で、あのお皿を受け取りにきたんだと思ったのよ」

あのとき、皿を取りにきた青砥の言葉を、光恵は一言一句たがわず思い出すことができる。

――どうも、光恵さん。急だけど、預けておいた骨董品の皿を返してもらえるかな。ほら。今、赤嶺さんちの縁側で飲んでるんだ。あの皿が、かなりの値打ち物だとわかってね。祝杯をあげてるんだよ。明日にでも改めて、三人であの皿を鑑定士のところへ持っていこうと話してるんだ。そのために、皿が必要なんだよ。

じつに嬉しそうに、青砥はそう言った。あれは光恵を、そして赤嶺と白倉をだます偽りの言葉だったのだ。しかし、嬉しそうな表情だけは本物だったのだろう。数千万円もする高価な皿を独り占めする算段がついたあとだったのだから。

「で、でも、あのとき青砥さんは、たしかに『光恵さんに借りてきた』と言って、白い大皿を何枚か持ってきたのに……」

「私は貸していないわよ。おおかた、最初から自分で準備していたんじゃない？」

白倉のぼんやりとしたつぶやきに答えながら、光恵は思った。

――そろってタヌキに化かされた、というところかしら。

「そんなことは知らん……！」

そのとき、震える声が、赤嶺の口からこぼれた。次の瞬間に光恵をにらみつけた瞳は、怒りと憎しみの色に染まっていた。

「光恵さんが青砥に勝手に皿を渡したのは事実だ！　わたしは間違いなく、皿を返してもらうのは『三人そろったとき』だと言った！　あのとき、お宅にうかがったのは青砥だけだったんだから、光恵さんは約束を破っている！　あの皿を返せ!!　それができないなら、一千万円ずつ、絶対に払ってもらう！　じゃないと本当に訴えるからな!!」

赤嶺は、耳まで真っ赤になって怒鳴り散らした。

そのあまりの剣幕に、光恵は閉口するばかりだった。

「どう思う？」と、そこに龍我が小さな声で尋ねる。

「青砥っていう人が悪いのは間違いないけど……日下さんにも落ち度があったのかな？　このまま訴えられて裁判になったら、日下さんが何千万円も弁償しないといけないのかなぁ。預り料をもらってたわけでもないし、それじゃあ、あんまりだよな」

「日下さんが悪いわけではないけど、赤嶺さんと白倉さんのチャンスを奪ったのはたしかだよ。それがどう判断されるかだね。二人のチャンスを、日下さんの不用意な行動がフイにしてしまったとなれば、賠償の対象になり得るのかもね」

「えー！　そんなの、日下さんがかわいそうだよ！　日下さんは、骨董品を預かった報酬をもらったわけでもないんだから、絶対に悪くないと思う！　結人までそんなことを言うのか!?　じゃあ、日下さんに責任があるって考えているのか？」

「個人的な意見を言うなら、日下さんは、ちゃんとお皿を返す必要があると思うよ。

だって、そう約束したんだから」

「だから、そのことは、わかってるんだよ。でも、青砥さんがウソをついて持ち逃げしたんだぞ。その場合も、日下さんに責任があるのかっていう話なんだよ！」

最初は落ち着いて言い聞かせようとしていた龍我の口調が、だんだんとイラ立ちを増していく。

「龍我、落ち着いて考えてみて。三人は、最初に日下さんと約束をしたんだよね。『三人そろったときじゃないと、お皿を渡してはいけない』って」

「そのはずだ」

「だったら日下さんは、赤嶺さんたちに、『自分は、あなたたちにお皿を返すつもりだ』と伝えればいいんじゃない？」

その言葉を聞いてもなお、龍我は結人の言葉の意味がわからないようで、反論口調で言い返した。

「お皿はもう日下さんの手もとにないのに、『返すつもりだ』って言えってこと？ウソをつけってこと？」

「『ウソ』というのとは少し違うよ。これは、赤嶺さんたち三人との約束にのっとった、正当な主張なんだ」

龍我にそう返して、結人は、ゆっくりと語った。

「日下さんは、赤嶺さんと白倉さんに、こう言えばいいんだ。『約束どおり、三人がそろったところで、お皿は返します。返してほしいなら、青砥さんを連れてきてください』ってね。『三人がそろっていないときは、あの皿を渡さないでくれ』という条件を出したのは、ほかでもない、赤嶺さんたちだ。日下さんはあくまで、そもそもの約束を守ればいいんだよ。もっとも、青砥さんを連れてくるのは難しそうだから、いつまで経っても、お皿を受け取る機会はないかもしれないけどね。もし、青砥さんの居場所がわかるなら、それはそれで彼ら三人が解決すべき問題だと思うよ」

結人の言葉に、龍我がぽかんとしている。理解できたような、できていないような表情だ。

しかし、五分もすると、その表情は晴れやかになって、勢いよく席を立った。

「今すぐに、日下さんに結人の考えを伝えてあげたいから、悪いけど先に帰るわ！」

見ると、龍我のトレイの上には、注文した食べ物が一口も食べられることなく残されていた。

結人にしてみれば、龍我が話してくれた事件などよりも、龍我がなぜ女子に人気がないのかのほうが、よっぽど不思議である。

オノマトペ妻

「ケラケラケラケラ……」

テレビを観ていたら、妻が突然、そんな声を出したので驚いた。ケラケラ笑う、とは言うが、本当に「ケラケラ」と言葉にして笑う人間なんて見たことがない。しかし妻は、ハッキリと、文字通り「ケラケラ」と、口に出して笑ったのだ。

妻は自分でもそれに驚いて、何か言おうとしたが、うまく喋ることができないらしい。混乱した様子で、こう口に出した。

「オロオロ、オロオロ……」

私は本当に「オロオロ」と言いながらオロオロする人間を初めて見た。その日は、ずっとそんな調子だったのだが、ゆっくり眠れば元に戻るのでは、と考え、早くにベッドに入らせた。

しかし、翌日になっても、妻の状況は改善しなかった。

私は、妻を病院に連れて行くことにした。何科を受診すればよいかわからなかったが、なんらかのストレスが原因かもしれないと考え、心療内科に行ってみることにした。医者は重々しい口調でこう言った。

「オノマトペ症候群ですね」

「オノ……マトペ……？」

「オノマトペというのは、わかりやすく言うと、擬音《ぎおん》語とか、擬態語と呼ばれるものです。音を模した言葉、『ガシャーン』とか、『ドンドン』とか。あるいは、実際の音ではありませんが、それと同じように使う言葉、『ヒリヒリ』とか『ツルツル』とかですね」

「はぁ……」

「奥さんの病気は世界でも数例しか報告がない、とても珍しいもので、オノマトペでしか話すことができなくなるものです」

「そ、そんな……」

「しかも、何か行動をするたびに、それに合ったオノマトペが自然と口から出てしまう。普通に話せないだけでなく、黙っていることもできないのです」

そんな奇妙な病気があるものだろうか。そう思ったが、実際、妻の症状は医者の言った通りのものだった。

ちゃんと話すことのできなくなった妻は、ショックで、「シクシク」と言いながら泣いた。そして、すがりつくように、強く私に抱きついてきた。「ギュ〜ッ」と声に出して。

私は必死で妻の治療法を探した。しかし、あまりに稀《まれ》な病気で、治せる医者も薬も存在しなかった。少しでも可能性があれば、怪しい方法でも色々と試してみたが、効果のあったものは一つもない。

まるで症状がよくならない妻のことを、私はだんだんと疎ましく感じるようになっていった。

一日中オノマトペを口にし続ける妻と一緒に暮らすのは、大変な忍耐のいることだった。ちょっと歩けば「テクテク」と言い、何かを探せば「キョロキョロ」、ボタンを押す時は「ポチッ」と口に出し、料理をすれば「トントン」「ジュージュー」「コトコト」……。眠っている時ですら「スヤスヤ」と寝言で言っている。

そんな妻の側にいると、頭の中がオノマトペで埋め尽くされていくようで、どんどんストレスが溜まってくる。もし私もオノマトペ症候群なら、妻と生活している間、ずっとこう言い続けるに違いない。

「イライライライライライライライライライ……」

このままでは、私のほうがどうにかなってしまうような恐怖感もあった。

その恐怖感に、何をしても一向に病状がよくならない無力感に対するイラ立ちが合わさって、私はとうとう妻に手を上げるようになってしまった。

妻は怯えて「ビクビク」とか「メソメソ」とか言いながら生活するようになった。

それがまた私の気持ちを逆なでして、日に日に暴力は激しくなった。

「うるさい！　少しは黙ってろよ！　あぁ、お前なんかと結婚するんじゃなかった！」

ある日また、私が怒鳴り散らすと、それまで「シクシク」と泣くばかりだった妻が、「スクッ」と言って立ち上がった。

「何だ、この家を出ていってくれるのか？　是非、そうしてくれ！」

「テクテク……ガチャ。スッ……テクテク……」

「おい、そんなもの持って来て、何をする気だ？」

「ダッダッダ。ブン、ブンブン」

「馬鹿！　危ないだろ！　そんなもの振り回すな！」

「グサッ！」

「ぎゃっ！」

「グサッ！　グサッ！」

「うぐっ、うう……」

「ズバッ！　グチャッ！　グリグリ……」

「グサッ！　グサッ！　グサッ！　ブスッ！　グサッ！　グチャッ！　グサッ！　グサッ！　ズバッ！　ズバズバッ！　ベチャッ！　グチュッ！　グリッ！　グリッ！　グサッ！　ドスッ！　ドスッ！　グサッ！　ザクッ！　ザクッ！　グサッ！　グチュグチュ……ブチッ！　グサッ！　グサッ！　グサッ！　グチャッ！　グチャッ！　グチャッ！　クチャッ！　クチャッ！　クチャッ！　ネチャッ！　ネチャッ！　ヒヒヒヒヒ……ケラケラケラケラ……」

人気暴落

芸能人と見まがうようなルックス、スポーツ万能、モデルのように高身長で、成績もよく、性格も優しく爽《さわ》やか——そんな男子である長谷川龍我《はせがわりゅうが》を、女子たちが放っておくはずがなかった。

親の仕事の都合で暮らしていた外国から日本に戻り、日本の高校に編入してから、毎日のように龍我は、女子たちの告白を受けた。

直接告白されるだけではない。ラブレターや、どこから龍我のアカウントを知ったのか、ＳＮＳのダイレクトメッセージなどで告白されることもある。龍我が、顔も名前も知らない女子からの告白も少なくはなかった。

しかし、誰からの告白に対しても、龍我が首を縦に振ることはなかった。

龍我が恋人に求めていることは、ただひとつだけ——それは、「ハートの温かさ」だったからだ。話したこともない女子が、どういう性格なのか、龍我にはわからない。そんな女子の告白にうなずくことは、相手に対しても失礼だと考えていた。

ある日、同じ高校で、男子から絶大な人気をもつ黒田《くろだ》桃香《ももか》という女子から、龍我は告白された。しかし、やはり龍我は、丁寧に告白を断った。

「私、モデルなみのスタイルだし、顔にだって自信がある。私以上の女子って、この学校にはいないと思うよ？ 龍我くんは、女子に何を求めているの？ 女子のどこを見て彼女にしたいって思うの？」

涙目になりながらそう訊いてくる桃香に、龍我は優しく答えた。

「俺は、その女の子のスタイルとか、顔のよさなんて、気にしたことはないよ。俺が大事だと思っているのは、ここだけだよ」

そう言って、自分の親指で、自分の心臓――ハートをトントンと指し示した。

その翌日から、龍我の人気は暴落し始めた。ただ、もともと、「女子からの人気」を気にしているわけではなかったからか、龍我は平然としている。

しかし、ほかの男子たちはそうではない。今まで絶対的な人気者だった龍我が、急に女子からの人気を失ったのだ。理由が気にならないわけがない――。

一人の男子が、とある女子に訊いた。

「ねぇ、なんで龍我、急に女子に嫌われちゃったの？」

女子は、「それがさ、ちょっと聞いてよ」と、嬉しそうに話し始めた。

「桃香が、龍我くんにひどいこと言われて振られたんだって。ずっと泣いてて、かわいそうなんだよ。学校の女子は、みんなちょっとひいちゃってるんだと思う」

男子は、意外に感じた。龍我が、そんなことを言うようには思えなかったからだ。

「ちなみに、なんて言われたの？」

女子は、少しだけ声をひそめて続けた。

「龍我くん、女子の胸にしか興味がないんだって。桃香が告白したとき、すっごい爽やかな笑顔で、胸を指さしながら、『俺が大事だと思っているのは、胸の大きさだけだよ』って、言われたんだって」

「まじ？　あいつ、そんなこと、直接言っちゃうんだ。自分の気持ちに素直な奴なんだなぁ」

それ以来、龍我の女子人気は暴落したまま、回復していない。

その一方で、男子人気は、ちょっとだけ上がったらしい。

龍神沼の伝説

「ふざけるな！　そんなことしちゃいかん！　龍神様の祟《たた》りにあうぞ！」

村の老人たちがみな、口をそろえてそう言うので、達也《たつや》は内心でため息を吐いた。

年々寂《さび》れていくこの村を救いたい。なぜ、その気持ちをわかってもらえないのだろう。

都会から遠く離れ、周辺にロクな産業もない村から、若い人間はどんどん出ていってしまう。達也のように、大学を出た後、地元に戻ってくる者などほとんどいない。

達也は、自分の生まれ育ったこの村を愛していた。しかし、このままでは、合併ならまだましなほうで、ただ村がなくなるのを待つばかりである。

そこで目をつけたのが、テレビの「沼の水を全部抜きまＳＨＯＷ」という番組だった。各地の沼の水を抜いて、底に沈んだ意外な品物や巨大魚、危険な外来生物などを発見していくこの番組は大人気で、いつも驚くべき高視聴率をマークしているのだ。

達也が住む村の外れには、「龍神沼」と呼ばれる、おごそかな雰囲気の沼があった。沼のほとりには、古い小さな祠《ほこら》が建っていて、その沼に住んでいるという龍神様が祀られている。達也は詳しくは知らないが、色々と伝説もあるようだ。

子どもの頃は、近づくことさえ禁じられていたが、実はこっそりと魚を釣って遊んでいた。養分の多い水質なのか、沼にいる魚は、どれもこれもかなり大きい。

まさに、番組で取り上げてもらうのに、うってつけの沼だと言えた。

そこで達也は、数少ない青年会のメンバーたちと協力して、番組に掛け合い、村を盛り上げようと考えたのだった。

しかし、番組内で龍神伝説について語ってもらおうと、達也たちが協力を求めに行った村の長老連はみな、強い拒否感を隠さなかった。

番組側との交渉も順調で、村長に許可も取ってあると説明しても、「あんな若造の村長に何がわかる」と取り合ってくれない。沼に変なことをするな、龍神様の祟りがあるぞ――その一点張りなのである。

龍神様などは、古い迷信だ。子どもの頃、こっそり沼で遊び、イタズラの範疇を超えることをしてきた自分が何の罰も受けていないことが、何よりの証拠だ。

そうした言い伝えを大事にする老人たちの気持ちもわかるが、今のままでは、祟りなんてなくとも、いずれ村はなくなってしまう。「こんな村、わしらとともになくなってしまえばいい」とさえ、うそぶく老人たちよりも、自分のほうがこの村を愛しているのは明らかだ。達也は、自分の故郷を、何としてでも守りたかった。

そして達也たちは、とうとう村の老人たちの賛同を得ないまま、番組撮影の決行に踏み切った。

達也たちは番組のスタッフたちと、密《ひそ》かに沼の水を抜き始めた。沼があるのは村の外れなので、まだ下見をしているだけというようなふりをすれば、ある程度はごまかすことができる。しかし、龍神沼がそれほど大きくないとはいえ、水を抜き切るまで、バレずにいるのは無理だった。

事態に気づいた長老連が、声を荒らげて詰めかけて来るのを、達也たち青年会のメンバーは、必死に押しとどめた。

「大変なことになる！」「今すぐやめろ！」「村がどうなっても知らんぞ！」

老人たちの慌てぶりは、いくらなんでも異常だった。何も起こるはずがない。一抹の不安を覚えながら、達也が自分に言い聞かせた、その時——。

「きゃーーーっ！」と番組の女性スタッフが大きな悲鳴を上げた。

達也は、老人たちを他の青年会メンバーに任せ、急いで沼の側に駆け戻った。

そして、そこで目にしたものに、達也は戦慄《せんりつ》した。

「人の骨です！　一つじゃありません。い、いくつも、たくさんあります！」

スタッフがすくい上げた網の中には、沼の泥と一緒に明らかに人間の頭蓋骨とわかる骨が混ざっていた。

そして、水の抜けた沼の底には、数十人分の人骨が、沈んで積もっていた。

後からわかったことだが、この村には古くから、不作による飢饉《ききん》など、困窮した時に、龍神沼に生贄《いけにえ》を捧げる風習があったのだという。

鑑定の結果、沼に沈んでいた人骨の最も新しいものは、五十年ほど前のものであった。その時は、今の村の老人たちの世代が中心になって、下の世代には伝えずに、密かに儀式を行ったらしい。彼らが沼の水を抜くのに反対したのは、村の呪われた歴史を、そのまま闇に葬《ほうむ》ってしまいたかったからだろう。

村は「呪い村」などと呼ばれ、メディアに大きく取り上げられた。村は一躍有名となったが、しかしそれは、達也が思い描いていたものとは、まるで違う形だった。

達也は村を出て、二度と戻らなかった。

ゾンビ伝説

とある研究機関に所属する科学者の私は、科学とは対極にあるような研究をしている。簡単に言えば、「ゾンビ」に関する研究だ。その研究は、政府から、重要なミッションを与えられたために行っている。

さまざまな国で調査を行ったのち、この国でフィールドワークを始めたのは、この国こそが「ゾンビ伝説」の発祥の地とも言われるからだ。ここでは、遺体を納めた棺桶を土に埋める土葬の習慣がある。その習慣が、ゾンビ伝説のもとになっていることは間違いないだろう。

この国の政府から特別に許可をもらい、ガイドに案内され、埋葬《まいそう》された遺体の発掘調査をさせてもらうことができた。この国の棺桶は、石でできた石棺が一般的だ。そのためか、腐敗せず、ミイラ状になっている遺体も多かった。

それらの遺体を何十体も見て、気づいたことがあった。手足の骨が砕《くだ》かれたり、爪がはがされ、歯が折られた遺体が数多くあったことだ。

それは、古い遺体だけではなく、比較的最近の遺体もそうだった。

おそらく、今でも、死体が甦《よみがえ》る「ゾンビ」を恐れる気持ちが、人々の間にはあるのだろう。ゾンビは、手を前に突き出して歩き回り、噛みつき、出血させ、仲間を増やしていく。だから、死後復活してゾンビになっても、そういうことができないよう、埋葬するときに、手足の骨を砕いたり、歯を折っているのだろう。

しかし、どの地域で聞き取り調査をしても、遺体を埋葬するときに、そのような処置を施《ほどこ》しているという証言を得ることができなかった。現代では廃《すた》れてしまった、古い時代の習慣なのだろうか？

そんなことをぼんやりと考えていると、後頭部に強い衝撃を受け、目の前が真っ暗になった。

だんだんと意識が戻ってくると同時に、後頭部に痛みがぶり返してきた。私は、今、暗闇の中にいる。体を動かしてみると、手足が壁のような固いものに当たる。どうやら、狭い箱のようなもの――おそらく、先ほどまで調査していた石棺の中に閉じ込められているのだろう。

自分が失明したのではないことは、ポケットに入っていたライターをつけてみてわかった。

やはり石棺の中にいるようで、冷たい石壁がライターの灯りに照らされ浮かんできた。ポケットからは、財布も携帯電話も消えていた。おそらく私は、強盗に殴られて財布を奪われ、証拠隠滅のために石棺の中に埋葬され、通信手段も失っている、という状況なのだろう。

強盗の正体は、あのガイドに違いない。考えてみれば、はじめから挙動が怪しかった。

しかし、そんな冷静な状況判断をしている場合ではない。こんなところに埋められたら、誰にも気づかれないままだ。食料も水もない状況で、どれほど生きていられるかわからない。完全に密閉された状態ではないだろうが、この石棺の中の酸素がどれだけもつのかもわからない。

もしかすると、酸素が失われる前に、私の正気が失われてしまうおそれもある。

私は、石棺を内側からドンドンと叩き、あらんかぎりの声で叫び続けた。それでも私を救助しようとしている様子はうかがえない。叫び続ける声は、だんだんと悲鳴に近づいていくのが自分でもわかる、石棺を叩き続ける拳は皮が破け、出血しているに違いない。石壁に爪を立ててひっかき、膝で、そして爪先で、壁を蹴り続ける。

そのとき、科学者としての冷静さを一瞬取り戻した。

かつて、この地で亡くなり埋葬された人々は、本当に死んでいたのだろうか。死んだと思われた人間の中には、死の淵から戻って息を吹き返した者もいるのではないだろうか。医学が未発達で、死亡診断などもあいまいだった昔ならなおさらだ。

息を吹き返したとき、自分が暗闇の中にいたら？　そこが棺桶の中ではないかと気づいたら？　棺桶から脱出するため、あるいは助けを呼ぶため、手足の骨が砕けるまで棺桶の蓋を叩き、蹴り続けることだろう。爪がはがれるまで、棺桶の内側をひっかき続けることだろう。手足が動かなくなり、顔面で蓋を叩き続けた者もいるかもしれない。

もしかすると、墓場から復活した「ゾンビ」の正体は、奇跡的に石棺の中から脱出に成功した人間だったのかもしれない。薄れゆく意識の中で、私は、そんなことを考えていた。

玉手箱の正体

昔々、あるところに、奇妙な昔話をするという老人がいた。

その話は奇想天外で、しかも、老人は、まるで自分が体験してきたことのように、それを物語るのだという。その噂は、とある殿様の耳にも届き、老人は城に招かれて、話を披露することになった。

殿様の前にやってきた老人は、姿こそひどく年老いていたが、立ち居振る舞いは、どこか若者のようであった。

「昔々のこと、私は浜で、いじめられていた亀を助けたのでございます——」

語り始められた物語は、噂通り、いや、それ以上に、現実離れしたものだった。

海の中にある、竜宮城《りゅうぐうじょう》という豪華《ごうか》絢爛《けんらん》な館へ行き、乙姫《おとひめ》という世にも美しい女性と会い、きらびやかな魚たちにもてなされ、極楽のような日々を送ったというのだ。

老人の名前は浦島太郎《うらしまたろう》といい、竜宮城へ行った頃は、まだ若い漁師だったという。

「竜宮城で過ごすうち、私は乙姫にひかれるようになりました。乙姫も私を憎からず思っていたようで、しだいに夫婦のごとく暮らすようになったのです。しかし、やがて私は怖くなりました。どれほど居心地がよくても、海の世界は地上とは違います。私は、もう元の世界には戻れなくなってしまうような気がしたのです」

老人は少し悲しげな顔になって、話を続けた。

「引き止める乙姫を振り切って、私は地上に戻りました。その時、まだ私は年齢通りの若い姿でした。しかし、帰りついて驚きました。私が竜宮城で過ごした日々とは比べものにならない月日が、地上では流れていたのです。昔々のことと申しましたが、それは皆様にとってで、私にとってこれは、ほんの少し前の出来事なのです」

それまで楽しんで話を聞いていた殿様や周りの家来たちも、さすがにつじつまが合わないように感じて、老人の顔をじっと見つめた。やがて殿様が言った。

「おぬしは、どこからどう見ても、老人にしか見えぬようだが……」

「それは、不思議な箱のせいなのです。引き止めることをあきらめた乙姫は、私に黒塗りの箱を渡しました。『むやみにこの箱を開けてはなりません。でも、もし地上に帰って困ったことがあれば、開けてみてください』と。住んでいた家も、私を知る人間も、何もかもなくなり、途方にくれた私は、箱を開けてしまいました」

何かがこみ上げてきた様子で、老人は一瞬、言葉に詰まった。

「……開けたとたん、箱の中から煙が立ち上り、私を包みました。そして、気づいた時には、私はこのように年老いた姿になっていたのです。きっと、乙姫は去っていく私を恨んで、このような仕打ちをしたのでしょう」

老人の目には涙がにじんでいた。老人は、涙の粒がこぼれ落ちないよう堪《こら》えながら、黒塗りの空の箱を差し出した。殿様の前で話すのに、証拠が何もないのは失礼だと思って持ってきたという。箱があるからといって、老人の話が事実ということにはならないが、殿様は箱を手に取って、じっくりと眺め回した。

「……どれ、私も一つ昔話をしよう」

不意に、殿様がそう言った。驚く老人を気にもせず、殿様は話し始めた。

「昔々のこと——おぬしが竜宮城へ行くより、もっと昔のことだ。その時代、かぐや姫という美しい娘がいたそうだ。あまりの麗《うるわ》しさに、その御代の帝が、ご求婚なさったほどだという。しかし、その娘は、実は月から来た仙女であったのだ」

いったい、何の話だろう。浦島太郎は困惑しつつも、じっと話を聞いていた。

「かぐや姫は月に帰る時、別れを嘆く帝に、不老不死の薬を贈った。しかし帝は、姫のなき世で不老不死が何になろうかとお思いになって、高い山の頂上で、その薬を燃やし、煙を天に立ち上らせた。伝えられた話によれば、その時、わしの先祖もその場にいたそうだ。先祖は薬をもったいなく思い、せめてもと、その煙を箱に詰めて持ち帰ったという。しかし、ある船旅の途中、その先祖は嵐にあって、煙の入った箱と自分の娘を海にさらわれてしまった。その娘の名は、『乙《おと》』といったそうだ……」

老人はハッとして、殿様を見つめた。

「この箱に、うっすらと残る印は、まさに我が家紋である。ならば、中の煙は、人を老いさせるものではない。思うに、地上に戻ったことで、海にいる間、せき止められていた途方もない時間が、おぬしに降りかかろうとしたのではないか。本来なら身が朽ち果ててもおかしくないところ、不老不死の煙のおかげで、その程度の老いで、生き永らえられたのかもしれぬ。乙がなぜ竜宮城の主人になったかはわからん。だが、我が先祖は、おぬしを恨んでいたのではなく、愛して守ろうとしたに違いあるまいよ」

堪え切れず、老人の目から、大粒の涙が、ポロポロとこぼれ出した。

老人の奇妙な話と、一族に伝わる古い言い伝えが、思いもよらずつながったことに、不思議な縁を感じながら、殿様は外の山影に目を向けた。不老不死の薬を焼いた不死の山——転じて、富士の山。いくら年月が経とうと、あの山と、人が人を愛す心ばかりは、いつまでも変わらずそこにあるのであろうと、殿様は思った。

インベーダー

地球から遠く離れた宇宙空間を、巨大な宇宙船が漂《ただよ》うように航行していた。新しく移住できる惑星を探していたのである。

彼らの進んだ科学力は、宇宙船の中にいながらにして、地球の様子を観察することを可能にした。

「あの青い星の科学力では、まだ、我々の宇宙船をとらえることができないはずだ。今のうちに、偵察機を送り込み、あの惑星が移住するに足る星かどうかを判断しよう」

宇宙船の中では、異星人たちが、そんなことを話し合っていた。

そして、数十万に及ぶ偵察機が母船から飛び立ち、地球に降り立った。環境や食糧の適性を調べるという目的もあったが、最大の調査事項は、地球に原始的な文明を築いている生物たちが、どんな性質の生物なのかを調べることにあった。

しかし、偵察機が地球に送られて数日後から、続々と驚くべき報告が届き始めた。地球にはすでに、偵察機を捕獲、破壊するようなトラップがしかけられており、また、巧妙に偵察活動しているのにもかかわらず、的確に偵察機を発見し、攻撃をしかけてくるのだという。

偵察機の多くが、地球人によって、破壊、撃墜された。

「我々の偵察活動は、気づかれているのだろうか？　いや、この宇宙船の中からの観察では、そんな高度な科学力をもっているようには見えない！　この宇宙船の中に、あの星の生物と内通している者がいるに違いない」

宇宙船の中では、内通者狩りが行われた。

異星人たちは知らなかった。

彼らが、地球の環境や生物たちを観察するために、「最適なデザインと性能」と考えた偵察機が、地球の昆虫――ゴキブリとそっくりな形状をしていることを。

嫌いなもの

夕暮れ時のファストフード店で、四人の女子学生たちが、楽しそうに話をしていた。
しかし、一人の言葉をきっかけに、彼女らの顔は曇り、会話はヒソヒソ話になった。
春香《はるか》「この頃、あいつが、すごく目に入ってくるの。ほんとやだ……」
夏美《なつみ》「あいつって？」
春香「あいつって言ったら、あいつだよ。あたしたちが大嫌いな……」
秋奈《あきな》「ちょっと春香、こんなところで、はっきり言葉にしないで。あいつって言ったら、『G』しかいないんだから、言わなくてもわかるよ」
春香「そうそう、G！　名前も言いたくない。家の中にいるでしょ？　あいつ、同じ地球の生き物って思えないよ。ほかの惑星から来たんじゃないかな？」
冬乃《ふゆの》「ああ、Gって、Gね。わたしも超苦手。なんか視線を感じるなって思って、周囲を見回すと、必ずGがいるの。まじカンベンだよ」

夏美「あたしも！　この前、家に帰って部屋のドアを開けたら、いたの！　超ビックリした。たまたま雑誌をもっていたから、丸めてぶっ叩いてやったよ。まだ読んでる途中だったのに最悪。本当は弟のバットで叩いてやりたいけど、家が壊れちゃうからガマンしたよ」
秋奈「Gって、すごくあぶらぎってるじゃん。火をつけたら、絶対よく燃えるよね」
夏美「それ正解！　部屋の中じゃなかったら、火をつけて焼き滅ぼしたい！　黒コゲの刑だね」
冬乃「黒コゲ？　まぁ、もともと黒コゲみたいなもんだから、わかんなくない？」
夏美「冬乃んとこのは、黒いの？　まぁ、うちのも、夏は真っ黒になってギトギトしてて、それがなんか気味悪いけどね……」
春香「夏美、すごいね。わたしなんか、近づくのも嫌だから、パパにお願いするよ」
夏美「さすがにパパにお願いするのは、酷じゃない？」
冬乃「なんで？　それは、パパの責任だし、役割だよ」
夏美「えー、そうかな。まぁ、父親のことは、息子の責任って考えれば、そうかもしれないけど。でも、そんなこと言ったら、あの『爺《じい》』の存在について、あたしだって、孫としての責任を問われかねないじゃん。そんなの絶対にやだ！」

1%の失敗

「勇気を出して、手術を受けてくれないかな？」

私はできるだけ優しく、そう語りかけた。

しかし、ベッドの上の少年は、震えながら首を横に振った。

彼は難病を患っている。手術をしなければ生命に関わる病気だ。

とはいえ、すでに術式は確立されており、失敗は99%ありえない。

傍《はた》から見れば、手術を受けるのは悩むまでもないことだろう。でも患者本人にとっては、たった1%でも失敗の可能性があることは大きな不安となる。まして、まだ小さい子どもなのだ。

私には、少年の気持ちがよくわかった。

「……実はね、私もキミと同じ病気にかかっていたんだよ。三十年も前、ちょうど今のキミくらいの年齢だった頃さ」

私は微笑んで、少年に言った。

気を引くための嘘などではない。少年の境遇は、偶然にも過去の私とそっくりだったのだ。私はそこに、運命的なものを感じずにはいられなかった。

「手術が必要だと言われて、私もとても怖かった。でも、担当してくれたのが、とても優秀で立派なお医者さんでね。私が医者になったのも、その人に憧れてなんだ」

少年はじっと私の顔を見つめた。

彼は心の中で、どれほどの恐怖と闘っていることだろう。

手術を受ける患者は、医者に自分の運命をゆだねるしかない。だから私は、医者が患者を不安にさせるようなことがあってはならないと思う。しっかりと自信のある態度で、患者にとって頼れる存在でなければならない。

あの時、手術前の私を励ましてくれた先生の、なんと頼もしかったことか。今度は私が、目の前の少年にとって、そういう存在にならなくてはいけないのだ。

この少年を、必ず元気にする。病気になる前と同じように、自由に走り回って遊べる体にする。それが私の、使命なのだ。

「手術は必ず成功する。ほら、見て。私もこうやって、生きてピンピンしているだろう？　怖がらなくて大丈夫。私が必ず治すから、勇気を出して、手術を受けてくれるかい？　そしてキミも大人になったら、怖くて震えている子どもたちに勇気を与えてほしいんだ」

それは、私の決めゼリフであった。いや、正確に言うと、かつて子どもの頃に自分の手術をしてくれた医師のセリフであった。ここぞ、という場面で、私はそれを使わせてもらったのだ。私の強い思いが伝わることを願いながら、私は少年の目をじっと見つめた。

しかし少年は、ふたたび首を振って私を拒絶した。

「先生と僕は同じじゃないよ！」

彼は悲痛な声で言った。

「そんなことはない！　キミも、私と同じように、勇気を出せるはずだ」

私は力強い口調で、少年を励ました。

少年は、私の言葉をはねのけるように言い返した。

「勇気なら、いくらでも出すよ！　でも、そういうことじゃないんだ。だって、子どもの頃の先生を手術してくれたのは、優秀で、立派なお医者さんだったんでしょう？　でも、僕の場合は違うじゃないか！　僕、看護師さんたちが話してるのを聞いちゃったんだ」

少年は恨めしそうな目で私を見て、続けた。

「『あの先生、意あまって力及ばずだよね』って言ってた。それって、情熱だけはあるけど、実力がないってことでしょ？　それに、『手術の成功率がいつまで経っても１００％にならないのは、あの先生みたいなお医者さんがいるせいだ』って笑い合ってたよ！」

くそっ！　陰口好きの看護師たちめ。よりにもよってそんなことを患者に盗み聞きされるなんて……！

私はあわてて、すがるように少年に言った。

「たしかに私は、これまで何度も失敗してきた。でも、だから次こそは、絶対成功する気がするんだ。頼むよ。『この病気を治してもらって医者になろうって決めた』って言っただろ？　この病気を治すのは、医者を志した時からの私の目標なんだ。どうか私のためと思って、手術を受けてはくれないかなぁ……？」

人生を変えた一冊

「えっ、本には『人生を変える力』なんてない、って言うんですか？　それは大きな間違いですよ。なぜかって？　だって、一冊の本で、僕の人生は大きく変わったんですから」

そんな風に、男は話し始めた。

「僕もずっと、本が嫌いでした。なんだか本って、『頭のいい人のもの』という感じがして、頭が悪い自分を、馬鹿にしているような気がするんです」

男は、少し自嘲的に微笑んだ。

「僕の人生を変えたその一冊は、僕の恋人の父親の持ち物でした。立派な装丁で、ぶ厚くて、僕が苦手な『本』というものの中でも、一番嫌いなタイプの本。ふだんなら、見向きもしないはずの、その本を手にした日のことは、決して忘れられません」

ゆっくりと、思い出すように、男は続ける。

「その日、僕は結婚の許しをもらうために、恋人の家を訪れていました。彼女は、いわゆる『良家の娘』というやつで、ハッキリ言って、身分違いの恋だったんです。僕は、いつ彼女の両親に怒鳴られて追い出されるか、ずっとビクビクしていました。最初は、家族そろって食事をしていたんですが、空気がぎこちなくて、料理の味もよくわかりませんでした」

男の顔に、懐かしむような表情が浮かぶ。

「彼女の父親は、食事の間、ほとんど話をしませんでした。いったい、結婚についてどう考えているのか、不安に思っていると、父親が、二人で話したいと言って、僕を書斎に招いたんです。……書斎は壁一面が本棚になっていて、たくさんの本がズラリと並んでいました。それで、『こんなに高そうな本を集めるのに、いくらかかったんだろう』なんて、馬鹿なことを考えていると、父親が僕に尋ねました。『君は本が好きかね？』と」

父親のセリフを言う時、男は大げさなほど声色《こわいろ》を変えた。それで、しゃべっているのが男の言葉だったのか、彼女の父親の言葉だったのかを、伝えようとしているのだろう。

「どう答えるべきか少し悩んで、僕は正直に、首を横に振りました。すると、父親はこう僕に言ったんです。『本はいい。知識と想像力を与えてくれる。本を読むことで、人は心に豊かさを持つことができるんだ』って」

男は、身振り手振りを交えて、そのときのことを再現しているようだった。

「それから、父親は一冊の本を棚から抜き取りました。さっき言ったぶ厚い本です。そしてそのまま、『私は娘の夫には、そういう心豊かな人であってほしいと思う』と言って、手にしたその本を、僕に差し出して微笑んだんです」

彼は一呼吸、間を置いて、話を続けた。

「『本を読まない、ということは、知識も想像力もない、ということだ。君にはこれが何の本かさえわからないだろう？』。差し出した本の表紙を見せながら、父親は嘲《あざけ》るように言いました。それは多分、何かの学術書で、実際、タイトルを見ても僕には何が書いてある本だかさっぱりわかりませんでした。困惑する僕の顔を見て、一度鼻で笑うと、父親は冷淡に一言、『帰りたまえ』と言ったんです。もう、僕の顔を見さえしませんでした」

それから彼は、じっと自分の手を見つめた。

「その後のことは、実はあまりよく覚えていないんです。父親から、そのぶ厚い本を奪い取ったところまでは覚えています。でも、そこから頭が真っ白になって。気づいた時には、本を振り上げていたんです。そして、驚いて固まっている父親の頭に……」

彼は自分の手から視線を上げて、微笑んだ。

「僕が何度か本を振り下ろし殴打したら、もう父親は床に倒れて動かなくなっていました。べっとりと血のついた本を手に、荒い息を吐きながら、僕が呆然と立ち尽くしていると、やがて僕の恋人が部屋に入って来て、悲鳴を上げました。それで、僕は逮捕されて、この刑務所に入れられたわけです」

男は、新入りの肩を叩いて言った。

「あの一冊の本を振り下ろしたせいで、僕の人生は大きく変わってしまいました。一冊の本って、紙でできていて、何の役にも立たなそうだけど、人間を殺す武器になるぐらいの『力』はあるんですよ。窃盗《せっとう》で捕まった君のほうが早く出所すると思いますが、同じ房になったのも何かの縁です。仲よくしましょう。え？　その本の内容ですか？　さぁ……。これから読む気もありませんし、タイトルも覚えていませんから……」

明日なき暴走

少年を止められる人間など、もはやいなかった。

今年十五歳になったばかりのその少年の顔には、まだ幼さが残っていたが、その目には、異様な光が宿っていた。

彼は酒を飲み、タバコを吸い、荒れ果てた生活をしていた。

店に入れば、欲しいものを手あたりしだい、金も払わずかっさらってくる。

自慢のバイクも元々は、名も知らぬ誰かのものだったのを、勝手に乗り回しているのだ。昼間だろうが深夜だろうが、爆音を立てて少年は走り回る。

酔った勢いに任せてスピードを上げる。交通ルールは気にもせず、限界までアクセルを回す。信号など見ていない。死んだってかまわないとでもいうように少年は暴走する。警察に捕まることは、考えてもいない。

学校に最後に登校したのは、もうずいぶん前のことだ。退学にはなっていないはずだが、そんなことはどうだっていい。

彼はバイクに乗ったまま、真っ昼間の校舎に侵入し、廊下を走りながら、手に持った金属バットで窓ガラスを次々に叩き割った。

「ビビってんじゃねーよ！　俺を止めてみろ！」

少年はそう吐き捨てると、爆音を立てて去って行った。

もう誰も、彼を救おうとか、更生させようとは思っていなかった。もはやそういう次元の話ではないのだ。

少年の心は激しい苛立《いらだ》ちと、自暴自棄な諦念に支配されていた。少年自身が、もう自分自身を止める術《すべ》を失っているのだった。

暴れ疲れた少年が、空き地で一休みしている時だった。
五、六人の男たちが不意に現れ、少年のほうへ近づいてきた。男たちは恐ろしい顔で、少年を取り囲んだ。
「けっ、一人じゃ何もできねーのか！」

そう言うや否や、少年は金属バットをつかみ、男の一人に殴りかかった。

男たちも、猛然と少年に襲いかかってくる。体をつかもうとする手を強引に振り払い、少年はバットを振り回した。相手を殴りつけることに、ためらいなど微塵《みじん》もない。いや、そればかりか、自分が傷つくことすら怖れていないのかもしれなかった。

「殺せよっ！　殺せるもんなら、俺を殺してみろよっ！」

強い衝動に突き動かされた少年は、次々に男たちをなぎ倒し、最後の一人になった相手の頭に、思い切りバットを振り下ろした。

ゴキャッ……！　生々しい音と感触がして、バットは男の頭頂部にめり込んだ。頭が大きく陥没《かんぼつ》した男は、そのまま音を立てて地面に倒れた。

少年は肩で息をしながら、倒れた男をじっと見つめていた。少年が男に与えた損傷は、人間を死に至らしめるに十分なものだった。

しかし、それでも少年はバットを振り上げ、そのまま倒れた男の頭に振り下ろした。雄叫《おたけ》びを上げ、何度も何度も少年はバットを振り下ろす。

「俺を殺しに来たんだろっ！　やってみろよっ！」

殴る対象が、原形を失った頃、ようやく少年はバットを振り下ろす手を止めた。

少年は、少しよろめきながら、男に背を向けて、バイクのほうへ向かった。

その時だった。少年に殴られ倒れていた男が、ゆっくりと立ち上がった。頭は半分ほどつぶれているのに、フラフラと歩いて少年の背後に迫っていく。

男が背中につかみかかろうとした時、少年はハッとして振り返り、とっさに男の足

を バットで殴りつけた。足が折れて倒れた男は、立ち上がれずにその場でもぞもぞと蠢《うごめ》いた。

「頭をつぶしても死なねぇなんて、ゲームのゾンビよりしぶといヤツらだ。結局、足をへし折って動けなくするしかねぇんだな……」

少年を襲った五、六人の男たちは、みな足を折られて、地面で身をよじっていた。

ある日、某国で突然発生した新種のウイルスは、感染した人間をゾンビに変え、あっという間に世界中に広がった。少年が聞いた最後のニュースによれば、「戦争のために某国が開発したウイルスが、何らかのミスで拡散されてしまった」とか、「妄想にとりつかれた科学者が、人類を滅ぼそうとした」などという説が世間では唱えられているとのことだった。

「くそったれっ！」

少年は吐き捨て、バイクにまたがって走り出した。少年が何をしようと、文句を言う人間も、困る人間もいない。　顔は返り血にまみれ、どちらがゾンビかもわからない。　しかし、少年がどれだけ自分自身を見失い、暴走したところで、もうこの世界に残された「人間」と呼べる存在は、なぜか感染を免れた、少年ただ一人だけなのだ。

少年を止められる人間など、もはや世界のどこにもいなかった。

仕事と彼女

あいつが愛妻家になったという噂を聞いたときは、とても信じられなかった。

学生時代から優秀で、何でもできるヤツだった。卒業後は有名企業に就職して、様々なプロジェクトで活躍し、エリート社員として出世街道を邁進しているらしいが、それも不思議ではない。仕事はできる男なのだ。

ただ、女性との付き合いという面では、ちょっと問題のあるヤツだった。容姿端麗で、振る舞いもスマートなので、学生の頃から、かなりモテたのは事実だ。しかし、彼女ができても、それが長続きしたためしがない。

ふだんは、優しく人当たりもいいのだが、恋人になったとたんに、態度が横暴になるらしいのだ。まるで相手が自分に屈服し、従者になったとでも思っているかのように、高圧的になり、機嫌が悪いと、手を上げるようにさえなるのだという。

大学の同級生だった俺は、実際に何人もの女子たちから、「あいつと付き合って、ひどい目にあった」という話を聞かされた。だから、あいつが結婚できたことも、幸福な家庭を築いているということも、とても本当のことだとは思えなかったのだ。

噂によれば、これまで仕事人間だった男が、忙しくても残業を避けるようになり、休日には二人で仲良く甘いデートを楽しんでいるのだという。さらに家事もきちんと分担してやっていて、まさに理想の夫といった具合なのだそうだ。

もし事実だとするなら、いったい、何が彼を変えたというのだろう。今の奥さんという、素晴らしい相手にめぐりあって、真実の愛に目覚めたのだろうか？　そんな安っぽい恋愛ドラマみたいな話が、現実にあるものだろうか。

変わった本人の姿を直接見るまで、噂なんて信用できないと思ったが、その機会は、意外にもすぐに訪れた。

大学時代の恩師が亡くなって、その葬儀に彼も来ていたのである。

家の方向が同じだったので、俺と彼は帰り道が一緒になった。彼は大学の頃と、あまり変わっていないように見えた。並んで電車に揺られながら、恩師の思い出話などをいくつかしたが、やがて噂のことが気になって、聞かずにはいられなかった。

「そういえば、結婚したんだって？」

「ああ、うん、少し前にね」

「へぇ、奥さん、どんな人？　写真とかないの？」

「あるよ」と言って、彼が財布から一枚の写真を取り出した。それはデートで遊園地に行ったときに撮ったもののようだった。

「彼女古風でさ。お守り代わりに、持っていてほしいなんて言うんだよ」

俺は、驚いた。仮にそんなことを言われたとしても、素直に従うような男ではなかったはずだ。写真の中で、彼が柄にもなく、奥さんの横で、温かく微笑んでいる。奥さんは、優しそうで、おっとりとした雰囲気で品のある、きれいな人だった。奥さんも、心の底から、幸せそうに微笑んでいて、とても彼からひどい扱いを受けているとは思えない。まさに、お似合いのおしどり夫婦といった感じの写真だった。

「仲良さそうだなぁ。奥さんのこと、ちゃんと大事にしてるのか？」

そう、はっきりと聞いてみた。すると、彼は言った。

「もちろん、大事にしてるよ。彼女以上に大切な人なんて、いやしないさ」

彼の言葉には、一片の迷いもなかった。

俺は、彼が真実の愛を知ったのだと、認めざるをえなかった。そして、これほどまでに人を変える、愛の偉大さに、ちょっとした感動を覚えた。

「お前、変わったんだなぁ。なんだか、安心したよ」

「何、言ってんだよ。俺は、何にも変わってないよ」

本人には自覚がないようだ。そう思うと、意地の悪いことを聞いてみたくなった。

「こんなことを聞くのもなんだけどさ、お前にとって、『仕事』と『彼女』、どっちが大切なんだ？」

俺の言葉に、彼は笑って答えた。

「同じくらい大切に決まっているだろ？　っていうか、まったく同じだよ。彼女さ、今勤めてる会社の、社長令嬢なんだよ。結婚して、彼女を妻にしたことで、次期社長の座は、もう俺に決まったようなものなのさ。でも、今まで付き合った女たちみたいに、怒らせて、『別れる』なんて言われたら、それも台無しになっちまう。そうならないように、うまくやってるんだ。俺にとって、妻を大切にして、いい家庭を築くのは、大切な『仕事』。『彼女＝仕事』なんだよ。だから、まったく同じなんだよ。ほら、俺、昔から『仕事』はできただろ？　これは、今抱えてる案件の中でも、第一に考えないといけない、重要な『仕事』だよ」

まったく悪びれる様子もない彼に、俺が言葉を失っていると、電車は駅に停まって、「じゃ、またな」と彼は降りていってしまった。

俺はもう、ただ彼の奥さんが不幸にならないように、祈ることしかできなかった。

スポーツの祭典

「スポーツの世界に、政治は介入するな！」

そんなことが叫ばれた時代もありました。

長い歴史の中で、スポーツはしばしば、国際情勢の流れに翻弄《ほんろう》されてきました。

大会の開催国や出場国、競技ルールの変更など、スポーツの様々な部分に、政治的な思惑が入り込もうとしたのです。

そして、ついに、国際問題や外交交渉を、平和的にスポーツの勝敗で決定するという、驚くべき国際条約が締結されるに至りました。

スポーツの大会は、名実ともに、政治の代理戦争の場となったのです。

それが決定されるまでに、反対の声が上がらなかったわけではありません。スポーツの純粋性を守るべきだという声も、当然、少なくありませんでした。

しかし、同時に、当時のスポーツ界に、不満や不信感を持つ人々もいたのです。

我が国で言えば、いわゆる「スプリングマン騒動」から、スポーツ界の公平性を疑問視し、見直そうという動きが活発になってきました。

事故で片足を失い、義足になりながらも、オリンピックの代表選手に引けを取らない記録を出した、走り幅跳びの天才選手、通称「スプリングマン」——彼はオリンピックの出場を希望しましたが、特殊な義足は生身の肉体よりも有利な可能性がある、という理由で認められず、これが大きな論争を巻き起こしました。

「結局、スポーツの世界にだって政治が生まれるじゃないか。もう、きれいごとを言うのはやめよう」という気運の高まりが、スポーツの政治的なスタンスの変遷《へんせん》の背景にあったと言えるでしょう。

そして、なんと実際、政治が介入し、件《くだん》の国際条約が締結されたことで、スポーツは真の公平性を獲得したのです。スポーツの勝敗が、国際的な政治の動向と直結したことで、他国の不正を見逃すまいと、国同士が真剣に牽制《けんせい》し合うようになり、それが非常によい方向に働きだしたからです。

各スポーツのルールはより厳密になり、審判の判断は、より慎重に、偏りを生じさせず行われるようになりました。

近年では、人工知能や映像解析技術の進歩により、ほぼ完全な公平性を実現するロボット審判や、ロボット審査員も開発され、試合に導入されています。

また、それ以外にも、様々なスポーツで不備のあった点が改善され、当初の不安や心配とは裏腹に、政治はスポーツに多大な恩恵をもたらしたのです。

スポーツによる国際問題の解決や決定は、戦死者や、環境の破壊という悲劇も生み出しません。不公平なルールや判定も排除され、今では、世界中のほぼすべての国が、このシステムと条約を支持しています。

さて、こうして、政治とスポーツが密接に関わるようになったことで、選手たちの立場も変わりました。スポーツの勝敗、つまり、国際情勢の動向を、直接左右する彼らは、政治的な発言力を増し、現在では多くの現役スポーツ選手が国会議員の座についています。

最近では、スポーツ選手に有利な法案ばかりが可決されていると、批判も聞こえるようになってきていますが……と、現在の我が国の政治状況に至る沿革《えんかく》をご紹介したところで、そろそろ今年度の国会が開幕するようです。

実況は、私、鈴木《すずき》隆弘《たかひろ》がお送りいたします。さぁ、今回の国会の目玉は、スポーツ選手の税率優遇措置に関する法案ですが……おっと、ラグビー選手でもある山口《やまぐち》議員らが、議案書を手に、スクラムを組んで猛烈なタックル！　妨害しようとした野党議員をふっ飛ばします。しかし、これはノーファール！　昨年の国会で、議員同士の身体的接触について、大幅に緩和される法案が通りましたからね。

おおっと、ここでバスケット選手の加藤《かとう》議員がパスを受け取り、天井のゴールへ議案書をシュートっ！　スリーポイントラインの外から投げて、議案書をゴールに入れると可決扱いになる、という法案は三年前に承認されました……ああっ！　これはブロックされました！　防いだのは、バレーボール選手の風間《かざま》議員だ！

しかし、法案はまだ生きているぞ！　野球選手の高橋《たかはし》議員が猛然とダッシュ！　議長席にあるホームベースへの生還を狙《ねら》っているようです。これも成功すれば、議案が可決扱いになりますが、さすがに妨害が入るか……なんとっ！　邪魔をしようとした野党議員を、レスリング選手の川野《かわの》議員たちが羽交《はが》い絞《じ》めにして止めています！　スポーツ選手たちが新風となり、国会に様々なルールを追加したことで、これまで以上にスリリングな、手に汗握る駆け引きが繰り広げられています！

おや、川野議員に押さえつけられている、白井《しらい》議員が何か叫んでいますね。彼は、政治とスポーツが密接になる前から政治家をしている、非スポーツ系議員ですが、何を言っているのでしょう……音声を拾えそうです。ええと、なになに？

『政治の世界に、スポーツは介入するな！』、だそうです。う～ん、なるほど……。

絵画消失事件

「これから行く市民ホールって、あの『コレクター事件』の現場だよな？　事件現場って、見たりできるのかな？」

他校との交流会の会場である市民ホールに向かう電車の中で、クラスメイトの長谷《はせ》川龍我《がわりゅうが》が、そうつぶやいた。その言葉の意味を、下坂結人《しもさかゆいと》は、すぐには理解できなかった。きょとんとして反応しない結人に、龍我が言葉を続けた。

「あれ、名探偵は、殺人事件専門？　そんなことないよな。この前の『骨董品の事件』のときも、見事に事件を解決してくれたし」

——あぁ、龍我は相変わらず、いろいろ誤解をしている。何度も訂正しているのに……。

こういう天然なところが、周囲から「変人」扱いされ、モテるためのハイスペックを備えながら、女子たちから見向きもされない理由なのだろうか。結人は、そんなことをぼんやりと考えた。

「あのさ、何度も言うけど、俺は単に推理小説が好きなだけで、名探偵でも何でもないから」

「でも、『骨董品の事件』、本当にすごかったよ。日下《くさか》さん、すごく喜んでくれたよ。近所のおじさんたちも、『訴える』とか、『賠償金を払え』とかって言わなくなったらしいよ。全部、結人のおかげ。ありがとな」

結人が、照れを隠すように、自分の手柄を否定する。

「いやいや、あんなのは単なる詭弁《きべん》だよ。それに、近所のおじさんたちが、大人しくなったのは、冷静になったからだろ？　あんなことで日下さんを訴えたりしたら、それこそ近所の笑いものか嫌われ者になってたはずだよ」

名探偵であることを否定した結人ではあったが、龍我が話題にしかけた、「コレクター事件」には大いに興味があった。

「さっきの話、市民ホールで、また絵が盗まれたってこと？」

結人が好きな推理小説は、実は、「本格推理」と呼ばれるものだ。

隔絶された場所を舞台に起こる、連続殺人事件。集められた容疑者の中から犯人を推理し、追いつめていく探偵。そして、最後に、「犯人はあなただ！」という宣言とともに、トリックを看破《かんぱ》し披露されるロジカルな推理。

事件の真相がすべてつまびらかにされ、視界には入っていたのに見えていなかったものが姿を現した瞬間は、まさに聖書の中の言葉でいう、「目からウロコが落ちる」思いを味わうことができる。

しかし、殺人事件以外の推理小説も、もちろん結人のフルコースメニューの中には入っている。「探偵と怪盗の頭脳戦」や「サギ師たちのコンゲーム」に、これまで幾度も騙され、喜びの悲鳴を上げてきたことか。

しかし、「時間があったら推理小説を読む」という生活を送っているため、テレビやネットをあまり見ることがなく、実際に起こった事件には、ややうとい。

世間を騒がせている「コレクター事件」についても、「有名な現代美術家の作品が、『コレクター』と名乗る怪盗に盗まれている」ことや、「コレクターは盗んだあとに犯行声明文を新聞社に送りつけている」こと、「その有名な現代美術家が、結人が通う高校の卒業生である」という、基本的な知識しかない。

「そうそう、また、コレクターが絵を盗んだんだよ。それも、絶対に不可能な状況から絵を盗んだらしいんだ。しかも、声明文も届いたらしい……」

――龍我がスマホを片手に説明してくれた事件の概要は、こうだ。

これから向かうターミナル駅前には、児童館やイベントスペースを備えた市民ホールがあり、老若男女が利用している。その一室の壁面に飾られていた、縦三メートル、横四・五メートルの巨大な絵画が、一昨日、忽然《こつぜん》と姿を消したという。警察は盗難事件とみて捜査を進めているが、市民ホールの職員は、「あんな巨大なものを、誰が、いったいどうやって外へ運び出したのか？　そもそも、絵は大きすぎてその部屋から出すことさえできないはずなのに」と疑問の声を上げているという。

「『あの巨大な絵を盗むのは一人じゃムリだから、犯人は複数だろう』とか、『この事件は、そもそも不可能犯罪かもしれない』とかって言われているみたいだ」

絵が大きすぎて、部屋から運び出せないゆえに、そう言われているらしい。

結人が納得できない表情で、聞き返す。

「じゃあ、どうやってその絵を部屋の中に運んだのかな？」

「それは簡単よ。ほら、ボトルシップってあるじゃない。瓶の中に船があるやつ。それと同じで、部屋の中で制作したのよ。画家の人が何ヵ月もこもって、一人で描き上げたって聞いたことがあるわ」

そう答えたのは、黒田《くろだ》桃香《ももか》であった。桃香は、やはり結人と同じクラスの女子で、男子からの人気も高い。以前は、「龍我のことが好きで告白した」という噂もあったが、龍我が女子から不人気になってからは、龍我に気がある様子は感じられない。

「ねえねえ、交流会のあと、事件の現場に行ってみない?」

桃香に言われるまでもなく、結人も龍我も、一人でも行ってみるつもりであった。二人は嬉しそうにうなずいた。

フリースペースである談話室の一角を陣取り、三人がそれぞれの見解を話し合っている。

市民ホールには、児童館やイベントスペースのほかにも、周辺地域の歴史を知ることができる資料館、ボランティア団体が不定期にオープンする小さな喫茶室、さらに、申請すれば誰でも利用可能な会議室がいくつかある。

その会議室のひとつ——ホールの三階に位置する、百人くらいを収容可能な会議室のうしろの壁面に飾られていた、縦三メートル、横四・五メートルの巨大な油彩画が消失した。絵はもともと、『殺風景《さっぷうけい》になりがちな会議室に彩《いろど》りを添え、会議に『和み』を演出したい」という趣旨のもと、画家に制作を依頼したものだったらしい。すべての会議室に異なる画家の絵が飾られているのだが、消失した絵は、この市民ホールでもっとも大きな一枚だった。

「絵のタイトルは、『真価の表出』だって。ネットで画像が出てきたけど、よくわかんない絵ね。子どもたちは、『ナゾ絵』って呼んでたんだって。私にはわからないけど、天然の龍我くんなら、わかるんじゃない？」

それは、桃香の龍我に対する皮肉だったのかもしれないが、龍我はそんなことに気づく様子もない。結人は、自分だけが感じた気まずさを誤魔化《ごまか》すようにスマホを見せながら話し始めた。

「過去の記事を探してたら、この絵が制作された当時の記事が出てきたよ。桃香が言う通り、『真価の表出』は、最初から会議室の後方の壁に飾ることを目的に、会議室内で制作、額装されたものだったんだって。だから、三×四・五メートルの大きさを実現できたんだね。その大きさの絵を外部で制作して会議室に運び込むとなると、会議室の出入り口や前の廊下につっかえてしまって、設計上、不可能だったみたい。エレベーターにも載せられないだろうし、きっと、階段もムリ。あの大きさの絵が、室内にあった理由は解決だ」

「なるほど、『事件は会議室で起きた』というわけか。まずは、問題の会議室に行ってみようか。入れるかわからないけど」

三人は階段で市民ホールの三階まで上がり、絵画が消失したという「第二会議室」を探した。「第二会議室にはまだ入れない」と聞いていたが、実際に来てみると、規制のテープは外されていた。すでに指紋採取などは終わっているのだろう。そこで三人は、会議室の中にたたずむ人影を発見した。

後方の壁をじっと見つめるように、一人の中年男性が立っている。

その男性の顔を見た龍我が、思わず、といった感じで声をかけた。

「もしかして、画家の仲原風月《なかはらふうげつ》さんですか?」

龍我の質問に肯定も否定もせずに、その男性が、ゆっくりと振り返った。年齢は四十代だろうか。大ざっぱに整えられた髪にも、口もとの無精《ぶしよう》ひげにも、点々と白いものが交じっている。身にまとった柳葉《やなぎは》色の作務衣《さむえ》には、ところどころに絵の具が飛んだような色とりどりのシミがあった。

「きみたちは……?」

三人に向けられた声は低く、少しざらりとしていて、視線は鋭いナイフのようだ。

「僕たち、仲原さんが卒業した高校の生徒です。たまたま市民ホールに用事があってきたんです。それで一昨日の事件のことを思い出して……。ネット記事で拝見したお顔だったので、声をかけさせてもらいました」

先ほどスマホで見た記事を思い出しながら、龍我がそう言った。

それを聞いた男は、かすかに唇《くちびる》を動かして、「そうか」とささやく。その目はふたたび、三人から、会議室の壁へと移された。そして、男のごつごつとした手が、会議室後方の白い壁をなでる。

「たしかに、私は仲原風月だ。ここに飾ってあった、『真価の表出』を描いた画家だよ。そして、『自分の子ども』とも言うべきあの絵を永遠に失った作者さ」

そう言って、男――仲原風月は、自嘲気味に笑った。

結人はかける言葉を見つけられなかった。三×四・五メートルの絵を描き上げるために、どれだけの情熱を注いだのだろうか。絵に込められた作者の思いも、生半可なものではなかったに違いない。それを盗まれてしまった作者に対して、どんな言葉をかけるべきなのか、結人には想像もつかない。

しかし、実際に結人の口から出てきたのは、そんな想いとは真逆の言葉だった。

「ご自分の絵が忽然と消えてしまったこと、どう思われていますか？」

結人は、自分の言葉に驚きはしたが、取り消すつもりはなかった。

――今、自分は、犯行現場と被害者を前にしている。いや、推理小説の中に入っている！

その興奮と好奇心が、結人の自制心を奪い取ってしまった。

龍我さえも、仲原と結人を困惑の表情で交互に見ていた。しかし、仲原は「知りたいなら、教えよう」と無感情につぶやき、そして続けた。

「『絵が消えた』ことに対する喪失感やむなしさはあるが、『コレクターと名乗る犯人に対して怒りを感じるか？』と聞かれたら、答えは『よくわからない』だ。コレクターが誰なのか心当たりはないが、盗みたいと思うほど――私の絵に価値を見出してくれているなら、むしろ喜ぶべきことかもしれない。

私は、ひとりの画家として、常に自分が創り出す絵の――自分自身の価値を、問いかけてきた。存在価値がないことが、私にとって、もっとも耐えがたいことなんだ。そういう感覚は、きみたち高校生にはわかりづらいことかもしれないな。ただ、SNSなんかで注目を集めようとするのも、自分の存在をアピールするための承認欲求なんじゃないのか。私の作品とSNSを同じにしてもらいたくはないが」

そう言って、仲原風月は、絵画の消えた壁をじっと見上げた。

「ここに飾ってあった『真価の表出』は、かなり大きな絵だったみたいですが、そのまま外部に持ち出すことは可能なんですか？」

「不可能だろうね」

結人が口にした質問に、仲原はハッキリとした口調で即答した。

「私はあの絵を、ここで描いたんだ。キャンバスもここで組み立てた。持ち込むことがでいないものを、外部へ持ち出すなんて、無理だろ？　この会議室から出せたとしても、エレベーターにも載せられないし、階段じゃ曲がれない。窓から地上へ下ろすというのは、もっと無理な話だ」

仲原の言葉を聞きながら、三人はくまなく、会議室中に視線を配った。

第二会議室にある出入り口は、一ヵ所のみ。部屋には窓があるが、一般的な横にスライドさせるタイプの窓で、ひとつを全開にしたところで、出入り口の半分ほどにしかならない。しかも、窓の外には三階分の高さがある。地上まで絵を下ろすとなると、それなりの道具と準備が必要だ。

「それに、利用者がいないときは、会議室には常に鍵がかけられているそうだ。加えて、館内は防犯カメラで二十四時間撮影されているらしい。もちろん、会議室の中もだ。にもかかわらず、私の絵を持ち出す犯人の姿は、どこにも映っていなかったそうだ」

仲原の口から語られたその情報は、事件を報じる記事にはないものだった。そして、その情報は、事件をより難解な「不可能犯罪」に仕立てている。

「物理的に絵を持ち出すことができないうえに、現場は基本、密室状態。おまけに、犯人の姿がどこにも記録されていないとなると……『不可能』な条件がそろいすぎてますね」

あごを軽くつかんだ龍我が、うなるような声でつぶやく。

「でも、防犯カメラに犯人――それがコレクターかどうかはわかりませんけど、その誰かは映ってなかったとしても、どのようにして絵が消えたかは映っているはずですよね？」

桃香の意見に反応したのは、結人でも、龍我でもなく、仲原風月だった。

「ほら、見てごらん。防犯カメラは、絵のあった壁面の上のほうに設置されていたんだ。だから、『灯台もと暗し』というのか、室内全部は映っているのに、真下にある絵は映らないのさ。それに、事件が発覚した前日に、私が、防犯カメラを止めるようにホールに要請したんだ」

その証言に、桃香が「えっ」と声をもらした。その瞳が、「どうして？」と仲原に問いかける。

「事件発覚の前日、ホールの閉館後に、絵のメンテナンスに来たんだ。私は仕事中の様子を他人に見られるのが嫌いでね。五年前、ここで『真価の表出』を制作したときも、一年ほど前に一週間かけて絵の修繕をしたときも、室内には誰も入れなかったし、防犯カメラも一時的に切ってもらったよ。

作業が終わったら責任者に連絡して、防犯カメラを再作動してもらうという約束でね。ただ、メンテナンスが長引いてしまい……その後、行き違いがあって、この部屋を撮影しているカメラが、夜中の間ずっと切れた状態になっていたらしい。明け方、ようやく防犯カメラを作動させたらしいけど、絵がなくなっていることに気づいたのは、開館して、実際に真っ白い空間だけになった壁面を見たときだったそうだ」

「なるほど。ということは、事件前日、仲原さんが絵のメンテナンスを終えてから、防犯カメラが再作動するまでの間に、絵が盗まれたというわけですね」

情報を整理するように龍我がつぶやいた。

「でも、そうなると、犯行時刻はかなり短くなるんじゃないでしょうか。犯人は、仲原さんがメンテナンスを終えるタイミングを、どこかで見ていた可能性があると思います。防犯カメラが再び作動しなかった『行き違い』も、犯人が仕組んだ可能性ってことはないんですか？」

「それはつまり、内部犯の可能性……つまり、ここの職員の中に犯人がいるっていうことじゃない!?　職員なら、ホールの構造や防犯カメラのシステムに精通しててもおかしくないし、仲原さんが来館するスケジュールも把握できるでしょ？　仲原さんの作業中は防犯カメラが切られることも知っていて、それに乗じて犯行に及ぶこともできるはずよ！　ねっ、下坂くん!!」

真相に近づきつつあると感じたのか、桃香が興奮した口調で結人に言った。

「下坂くん？」

桃香が二回声をかけたのは、結人が目を閉じて眠っているように見えたからだ。桃香に呼ばれても反応を示さなかった結人は、「結人？」と龍我に名前を呼ばれて、ようやく目を開けた。その目が見つめているのは、仲原風月の前にある真っ白な壁だ。

壁際まで足を進めた結人は、仲原の隣に並ぶようにして立ち止まると、その手で会議室後方の壁に触れた。かつて「真価の表出」が飾られていたという壁には壁紙が貼られておらず、白いままだ。絵があったであろう場所だけ色が違って見えるのは、ずっと絵に覆い隠されていたことで、壁が色褪《いろあ》せなかったのだろう。

そんな白壁を手の平でこすって、結人は、視線を隣に立つ仲原風月へと向けた。

「日常風景のなかで、不思議な光景を見たことはありませんか？　建築途中の高層ビルの最上階に、資材を運搬するための巨大なタワークレーンが立っていたのに、いつの間にかビルが完成し、その巨大なタワークレーンが消えてしまっている光景です」

それは、仲原に対する問いであったのだが、真っ先にその問いに反応したのは、龍我だった。

「たしかに、ビルの屋上に載っているあんな大きなクレーン、どうやって下ろしているんだろう？　巨大なヘリコプターで吊り下げて下ろす……なわけないよな。考えてみたら、あれも『消失トリック』みたいだな」

「実は、とても単純な『消失トリック』なんだよ」

　そう言って、結人はひょいと肩をすくめた。

「まず、屋上にある超巨大タワークレーンAで、別の巨大クレーンB——正確に言うと巨大クレーンBのパーツを、ビルの屋上へ引き上げるんだ。そうして、その巨大クレーンBを屋上で組み立てて、そのあと解体した超巨大タワークレーンAを少しずつ地上へ下ろしていくんだよ。そして今度は、残った巨大クレーンBで、それよりも小さなクレーンCを屋上に引き上げ、そいつで解体された巨大クレーンBを下ろす。この行程を繰り返して、どんどんクレーンを小さくしていくんだ。そして、最後のクレーンは人間が持ってエレベーターに乗せて地上へ下ろす。それが正解だよ」

「へぇー、意外だな」

　龍我が意外に思ったのは、結人の説明についてだけではない。

　龍我はクラスの中でも、もっとも結人と仲がよいだろう人間の一人だが、そんな龍我でさえ、今日のような饒舌《じょうぜつ》な結人を見たことがない。

いや、「いつもより饒舌」ではなく、「いつもとは別人」にすら見える。そんな龍我の思いは、桃香の言葉でさえぎられた。

「今回の『絵画消失事件』が、今の話と同じ方法を使ったってこと？　つまり、犯人は絵を小さく解体して持ち出したって、下坂くんは言いたいの？」

桃香の言葉に、仲原が、凛々《りり》しい眉をぴくりと動かした。その表情の変化を、結人は見逃さない。そこへ、桃香が続けて尋ねた。

「でも、絵をどうやって小さく解体するの？　盗まれた絵は、三×四・五メートルの巨大なキャンバスに描かれた絵だよ？　クレーンみたいにパーツごとに分解することなんて、できないよね？　それに防犯カメラが切られていた時間って数時間でしょ？しかも、電気をつけたら警備の人に気づかれちゃうのよ？　暗闇の中で、その分解作業をするなんてムリでしょ？」

桃香が、矢つぎ早に懐疑的な意見を口にする。しかし、結人は動じなかった。

「絵を描くキャンバスっていうのは、簡単に言えば、木枠《きわく》に布を張ったものだよ。つまり、木と布に分解することができるよね。木枠をさらに小さく切断して、布も破ってしまえば、コンパクトにできるはずだよ」

その言葉を聞いた龍我が、はっと息を飲んだ。その顔に、みるみるうちに動揺が広がっていく。

「まさか、犯人は絵をバラバラに解体して——壊して、外へ持ち出したっていうことか？　絵が破損したら、盗み出す意味がないんじゃないか」

「犯人の目的は、『絵を盗んで自分のもの、あるいは誰かのものにすること』じゃなかったのかもしれない」

「『盗むこと』が目的じゃなかった⁉　って、つまりどういうこと？」

桃香の問いかけには答えず、結人は視線を仲原風月に向けた。

「その答えは、仲原さんはご存じですよね？」

龍我と桃香が息を飲む。対する仲原は表情ひとつ変えずに、しかし、もとの鋭い目つきのままで、結人を見つめ返した。

「きみの口ぶりでは、私が自分の絵を壊して外へ運び出したと言っているように聞こえるんだが、その解釈で合ってるかな？　もし、合っているなら、二つ疑問がある。まず、そんなことをして、私になんのメリットがあるのか、ということ。もう一つ、絵が盗まれる前日、たしかに私は防犯カメラを切ってもらっていたが、メンテナンス時間はせいぜい二、三時間程度だった。そんな短時間であんな巨大な絵を解体するなんて可能なのかな？　たとえ、絵を壊す覚悟があっても」

たしかに、防犯カメラを切らせている時点で、仲原の行動はいかにも怪しい。龍我も桃香も、そのことはうすうす感じていたが、「作品を創造するということは、それくらい繊細な作業なんだ」と言われれば、反論はできない。だから結人の言葉は、仲原を動揺させるためのある種のブラフなのではないかと思った。しかし、結人のほうには、「ハッタリに失敗した」という動揺は微塵も見られない。

「仲原さんの疑問、二つとも説明できますよ」

結人は、この勝負から降りる気はないようだ。

「まず、二つ目の疑問から答えます。仲原さん。あなたは、『仕事中の様子を見られるのが嫌で、ここで絵を制作したときには、室内に誰も入れず防犯カメラも切らせた』と言っていましたね。事件前日に絵のメンテナンスに来たときも。そして、それは、一年前に一週間ほどかけて絵の修繕作業をしたときも同様だった。おそらく、絵が盗まれたのは、先日の事件のときじゃなくて、その一年前の修繕のときだったんじゃないですか？　一週間かけて、絵を解体して少しずつ運び出したんだ」

二人が結人の理屈についていけず、黙り込む。その沈黙を破ったのは、仲原だった。

「きみ、それはこじつけもはなはだしいな。絵は盗まれる前日までちゃんとあったんだぞ。どうして一年前に盗まれてたことになるんだ？」

「その答えは、この壁にありますよ」

そう言って、結人は真っ白な壁をノックするようにコンコンと叩いた。怪訝な表情をした二人が、結人の指し示す壁に近づく。その間も仲原は沈黙を貫いている。

「ここの壁の色の具合、ほかとはちょっと違うよね。みんな、『それは、絵が覆いになって、壁が色褪せなかったからだ』と思い込んでいると思う。でも本当は、壁に白いペンキか何かを塗ったからなんじゃないかな」

結人の説明を聞いても、それが意味することがわからず、桃香がイライラしはじめる。そのイライラをもてあそぶように結人が説明を続ける。

「この白いペンキは、おそらく、この壁に描かれていた『真価の表出』を、真っ白に塗りつぶすためのものだよ。もちろん、仲原さんが塗ったんだ」

「ええっ⁉」

真っ先に声を上げたのは、龍我だった。その声は、結人が告げた内容に驚いたというよりも、トンチンカンな推理を披露する結人を心配しているようだった。

——もしかしたら、俺が「名探偵」なんて言い過ぎたから、結人は何か突飛な推理をしなくてはいけないと思って、妄想を広げているんだろうか……。

龍我には、結人の奇天烈《きてれつ》な推理を非難することはできなかった。

その心の声を代弁してくれたのは桃香だった。

「何を言ってるの？　『真価の表出』はキャンバスに描かれた油彩画よ？　壁画じゃないわ！」

「だから、『真価の表出』という絵は二枚あったんだよ。キャンバスに描かれたものと、この壁に直接描かれたものの、二枚がね」

呼吸も言葉も飲み込んだ桃香が、正解を求めるように、今度は仲原を見つめる。しかし仲原の表情に変化はなく、桃香の頭の混乱を収めてはくれなかった。

「きみは、図工の時間にしか絵を描いたことがないんだろうね。こんな巨大な絵を一週間で描き上げるなんて、それもまた不可能なことなんだよ。きみが言っていることは、一つの不可能を実現させるために、ほかの不可能を持ち出しているだけのように聞こえるが」

――二人は、言葉の将棋を指している。

龍我には、そう感じられた。

「僕は、『壁にかかっていた絵が盗まれたのが一年前』と言っただけで、『壁画が描かれたのが一年前』とは言ってませんよ。たぶん、最初にこの場でキャンバスを組み立てて絵画を制作したときに、壁にも同じ絵を描いておいて、それを覆い隠すような形でキャンバスを取りつけたんだと思います。そして、一年前、壁にかかっていた絵を解体して壁画を露出させ、その、壁画を額縁で囲った。最後に、つい先日、その額縁だけを持ち去り、壁画を白いペンキで塗りつぶしたんです」

「結人、それは、さすがにムリだよ」

我慢できなくなったように異を唱えたのは、龍我だった。

「キャンバスに描かれていた絵が、平面的な壁画にすり替わったら、いくらなんでも違和感があるよ。額縁だけ同じものが飾られていたとしても、さすがに誰かが気づくだろ？　それに、そもそもなんのために、そんな面倒くさいことをするんだよ」

「まさにそれだよ。それこそが、今回の事件の動機なんだよ。絵のすり替えは、『トリック』じゃなくて、『動機』なんだ。そして、さっきの仲原さんの一つ目の疑問への答えさ」

結人を見つめる仲原の目は、先ほどまでの目つきが穏やかに感じられるほどに険しいものになっていた。結人は、言葉を続けるために、深呼吸をする必要があった。

「仲原さん、さっき言ってましたよね。『盗みたいと思うほど、自分の絵に価値を見出してくれた人間がいたなら、むしろ喜ぶべきことだ』。『自分は常に、自分が描く絵の、そして自分自身の価値を問いかけてきた』って。今回の事件を通して仲原さんは、『自分の絵の価値を周囲に問いかける』ということを実行したんじゃないですか？　絵のタイトルにもなっているとおり、『真価の表出』を試みるために」

しん……と、夜が迫る会議室を、静寂が支配した。その静寂の中、聞こえるはずのない、「仲原の拳が小刻みに震える音」を耳にした龍我が、あわてて声を発した。

「仲原さん……彼が言っていることが間違いだったら、それは俺が――」

「『間違い』……私は、どこで間違えてしまったんだろう？」

龍我の言葉をさえぎるように、仲原風月が言葉をこぼした。それは、胸の奥底からあふれた感情が、表面張力を突破してこぼれ落ちたような、そんな質感の声だった。

「五年前、『市民ホールの会議室に飾る絵を描いてほしい』という依頼を引き受けたのは、間違いなく、私自身だ。私は、自分の存在を……自分自身の価値を表出するような大きな絵を描こうと決めた。

しかし、絵を制作するためにここに通っているうちに疑問が湧いてきたんだ。ここは、市民ホールが貸し出している会議室。ここを利用する人間は、その空間に飾られている絵を観るんだろうか、と。もしかしたら、ここに飾られる絵なんて、どうでもいいんじゃないか？　もしかすると、子どもたちが図工の時間に描いた絵を飾ったほうが喜ばれるんじゃないか、とね。そもそも、この会議室を利用する人間は、ほかの目的があってここに来るはずだ。そんな場所に、自分の魂を削って描いた作品を置いておくことに、私は違和感を覚えはじめた。ここに絵を置いておくべきではないという、強い抵抗感を抱くようになったんだ」

「だから、『すり替え』たんですか？　こんな場所には、ニセモノでもいいやって気持ちで？」

龍我が小さくこぼしたつぶやきを聞きとめて、仲原は、ゆっくりと視線を転じた。その瞳には、どこか悲しげな微笑みが宿っている。

「壁に描いた絵だって、心を込めて私が描いたんだから、ニセモノなんかじゃないんだよ。あれは、最後の『賭け』のつもりだった。一年前、『絵を修繕したい』と申し出て、この場所を訪れ、キャンバスを外して、あらかじめ壁に描いておいた絵に、額縁だけを取りつけた。この場所に来て、私の絵を何度も見たことのある人間なら、すぐに不自然さに気づくはずだ。──そう思っていたんだが……」

「『真価の表出』が、キャンバスの絵から壁画にすり替わったことに誰も気づかなかったんですね？」

結人の言葉に、瞳に落胆の色を宿した画家は、苦々しい微笑みでこたえた。

「結局、私の絵を観てくれていた人間なんて、この場所の利用者にも職員にも、誰ひとりいなかったんだよ。ならば、私の絵はここに飾るべきではない。キャンバスに描いた絵であろうが、壁に描いた絵であろうが、もうこれ以上観せる必要はないと確信した。だから先日、ふたたびこの場所を訪れ、私は私の絵を消し去ったんだ。

誤解しないでほしいんだが、私は、ここを訪れる人々を馬鹿にしているわけじゃないんだ。『美術の専門家』と言われる人間だって、私の絵を理解なんてしてないんだ。私が落胆しているのは、自分自身と作品に対してなんだよ」

龍我が勇気を出して反論を試みる。

「そんなことないはずですよ。仲原さんの作品は、大勢の人に認められたから、依頼だってたくさんきているんじゃないですか？」

「それは違うよ。いい絵を描くから依頼がくるんじゃなくて、有名だから依頼がくるだけさ。以前、私の絵がギャラリーで上下逆さまに飾られていたこともあったよ。それも何度も。彼らだって、私の絵を、理解していなかったのさ」

静かに、しかし熱っぽい口調で語り終えた仲原は、両手の平を真っ白な壁に押し当てて、目を閉じた。失った絵をしのぶようでもあり、その価値を理解しない者たちに憤るようでもあるその姿に、臆することなく声をかけたのは結人だった。

「あなたの発言、僕は信じられません」

「なに!?」

眉間にシワを寄せて振り返った仲原に、結人は淡々と続けた。

「仲原さんは先ほど、こう言いました。『最後の賭け』だと。でも実際、あなたはキャンバスに描いた絵をバラバラに壊して持ち出していますよね。すり替えに気づく人間がいようがいまいが、絵は、その時点で失われてしまっています。仲原さんは、自分の絵を『自分の子ども』だと言いました。でも、子どもには、親元を離れても、『子どもの人生』があるんじゃないですか？

子どもが、親の思うようにならなかったり、周囲から愛されていないように見えたからといって、あなたは、子どもの人生を否定するんですか？」

「っ、それは……！」

「あなたは、誰かが『すり替え』に気づいたとしても、絵をもとに戻すつもりなんてなかった。はじめから、自分の絵を消滅させるのが目的だったはずです。この場所が気に食わなかったのか、あの絵を人目にさらすこと自体が我慢ならなかったのか、僕にはわかりません。ただ、ひとつだけ、『図工の時間にしか絵を描いたことがない』僕にも言えることがあります」

そう言った結人の顔は悲しげにも見えた。

「あなたには、自分の作品を『子ども』だと言う資格はありません。それに、キャンバスの絵にしろ、壁画にしろ、自分で描いた作品をこんなふうに扱えるあなた自身が、誰よりも、仲原風月という画家の『価値』を信じることができずにいるんじゃないですか？」

ひくり、とノドを震わせて、仲原風月がその場に凍りつく。ややおいて、まるでひざが砕けたかのように、仲原はその場にくずおれた。震える背中を前に、結人はポツリとささやく。

「すいません。『一つだけ』って言って、二つ言っちゃいました。それに、自分の『価値』なんて、誰にもわからないかもしれませんね」

その後、仲原は自ら警察に連絡をし、ふたたび警察が仲原から事情を聞くことになった。「真価の表出」は、無償で市民ホールに寄贈されたものだった。仲原のしたことが「罪」として裁かれることになるのかはわからない。そして、今回の事件の犯人が、仲原風月自身であったことから、「コレクター」の正体も仲原であることが判明した。

ただし、これまでは、仲原は一度も絵を盗んではいなかった。犯行声明文を送りつ

ける と、所蔵先から、「すり替えられたかもしれないから、真贋《しんがん》を鑑定してくれ」という依頼がくる。実際は本物にもかかわらず、「これは贋作だ」と言うことで、行われてもいない犯行が生み出されていたのだ。所蔵先ですら「真贋がわからない」ということも、仲原が自分の作品に疑問をもつ要因になったのだという。

龍我には、結人がこの事件を解決したことをどう思っているのかわからないし、聞くつもりもない。しかし、ひとつだけ結人に聞きたいことがあった。

「仲原さん、あの壁を前に絵の話をしている間、ずっと寂しそうだったよ。それにしても、名探偵は、いつから仲原さんを疑っていたんだ?」

あえて軽い調子で口にしたその言葉に、結人もわざとらしく軽い調子で返す。

「最初からだよ。だって、盗まれただけで、もしかすると戻ってくるかもしれないのに、あの人、自分のことを、『あの絵を永遠に失った作者』って言ったからね。あんな失言をするなんて、『コレクター』は、名探偵のライバルになる資格はなかったってことだよ」

その言葉からも、結人の本心をうかがうことはできなかった。

これが、「恋」ってかんじ？

わたしは、美人でもないし、頭もよくないし、クラスでも、全然目立たない。

そんなわたしが、同じクラスの男子・長谷川《はせがわ》龍我《りゅうが》くんを好きになってしまった。

龍我くんは、以前は、学校一の人気者で、毎日のように女子から告白されていたけれど、あるときを境に、まったく女子から見向きもされなくなってしまった。

その理由を、いろいろな人から噂話で聞いたけれど、わたしには、それが信じられなかった。龍我くんを見ているだけで、心臓がドキドキしてしまう。それは、わたしの直感が、龍我くんを信じている証拠なんだと思う。こんな経験ははじめてのことで、わたしは、どうすればよいかわからなかった。

——この気持ちを、どう伝えればいいんだろう？

わたしは、まず、恋の願いが成就すると評判の神社に願かけに行くことにした。

翌朝。登校してみると、教室がなんだかザワザワしていた。そして、クラスメイトたちの視線の先にいたのは、龍我くんだった。

なぜ、教室がざわついていたのか、その理由はすぐにわかった。龍我くんは、海水パンツに水泳帽という姿で席に座っていたのだ。「今日、水泳の授業があるし、着替えるのが面倒だから」と言っていたが、そんな理屈が通るわけもなく、先生に怒られ、しぶしぶ制服に着替えた。

その後もずっと、龍我くんの奇妙な振る舞いは続いた。授業中に指され、突拍子《とっぴょうし》もない答えを言ったり、変顔で皆を笑わせようとしたり……。

でも、わたしが好きになったのは、そんな変人みたいな龍我くんではない。わたしの心は、だんだんと、龍我くんにときめかなくなった。

――あぁ、こういうふうに熱が上がって冷めるのが、「恋」ってかんじなのかな？

絵馬に願いを書けば、必ず成就するという神社で、カップルが、一枚の絵馬を見ながら、「これじゃ、恋人になれるわけないじゃん！」と大爆笑していた。カップルが見ている絵馬には、こんな願いが書かれていた。


「どうか、長谷川龍我くんが、変人になってくれますように　――美紀」

幸運な男

どうやら、ようやく俺にもツキが回ってきたようだ。

浪人は目の前に並べられた料理の数々と、久方ぶりの酒を前に、ゴクリと生唾《なまつば》を飲み込んだ。

見るからに貧しいこの村で、こんなもてなしを受けられるとは。いや、逆かもしれない。何もない貧しい村だからこそ、俺をこんな風にもてなすのだ。

心の中で、浪人はほくそ笑んだ。

とある武家の奥方とねんごろになって、屋敷で楽しんでいたところを主人に見つかり、浪人となり、できるだけ遠くにと逃げてたどり着いた辺鄙《へんぴ》な村——手切れ金代わりに見栄えのよい着物を盗んできたのが、ここで思わぬ役に立った。

どうもこの村の人間は、上等な着物を着た俺を、検見に来た幕府の役人か何かと間違えているらしい。

日照り続きで作物がとれず、年貢が払えないので、みんなで接待してゴマをすり、なんとか融通を利かせてもらおうと考えているのだろう。

本当の俺は、ただの素寒貧《すかんぴん》の浪人だというのに。そう思いながら、浪人は遠慮なくご馳走に舌鼓を打ち、酒をかっくらった。村人たちには食べられない料理の数々を俺が食べるのは気の毒な話だが、別に俺のほうから役人だと名乗ったわけじゃない。奴らが勝手に勘違いしたのだ。仮に正体がバレても、そうやって居直ればいい。

村の人々は、年配の者ですら、みな頭を下げてペコペコと媚《こ》びへつらう。自分が頭を下げる立場だった時は、嫌でたまらなかったものだが、下げさせる側になると、何と気分がよいものだろう。偉そうなヤツらが、やたら人に頭を下げさせたがる理由がよくわかる。

なけなしの食料を差し出し、精一杯のおべっかを並べ立てて、まったく見当違いな努力をしている村人の馬鹿さ加減といったらどうだろう。

馬鹿な田舎者の笑い話ほど酒の肴《さかな》になるものはないのだ。それを、話どころか、まさに目の前で見せられているのだから、酒の進まぬはずがない。

浪人はいい気になって、どんどん杯を干していった。

この分なら、このまま二、三日は楽しませてもらえそうだ。その後は、面倒事が起きる前に、そっと姿をくらましてしまおう。

――あぁ、俺は、なんと運のよい男なのだろう。俺ほど幸運な人間はいやしない。

浪人は最高の気分で、そのまま酔いつぶれて寝入ってしまった。


それから、どれほど時間が経ったのだろう。ぬらぬらとした長い蛇に、ギリギリと体を締めつけられる夢を見て、浪人はひどい不快さとともに目を覚ました。

体が思うように動かせない。夢の中の、蛇に巻きつかれていた感覚が残ったままで、立ち上がることもできない。身をよじるうち、寝ぼけた頭が冴えてきて、ようやく自分が縄で縛られ、簀巻《すま》きにされていることに気づいた。

村人たちが周りを囲って、地面に転がった男を見下ろしている。

しまった。どうやら正体がバレてしまったらしい。何か寝言で余計なことでも、もらしたのだろうか。浪人の酔いは、もうすっかり醒めていた。

「お、おい、縄をほどけ！　飯や酒をもらったことは謝るが、俺が嘘をついたわけじゃないぞ！　お前たちが勝手に幕府の役人と間違えただけだろう！」

悪びれない態度の浪人を、しかし村人たちは、ニコニコと微笑んで見つめていた。

「なに、お前さんがわけあって流れてきた浪人だなんてことは、最初からわかっていたよ」

年老いた村長が言った。

「我々は怒ってなどいない。むしろ礼を言いたいくらいさ。あのもてなしも、お前さんへの、せめてもの感謝の気持ちだったんだ。なんてったってお前さんにはこれから、日照りのこの村に雨を降らせるため、神へ捧げる生贄《いけにえ》になってもらうんだからな。今までは、村から犠牲を出さねばならなかったが、お前さんなら、いなくなっても誰も悲しまないだろう？」

それを聞いて、浪人の顔から血の気が失せた。

「『俺ほど幸運な男はいない』と、お前さんは寝言でつぶやいておったよ。その幸運を、この村のためにも役立てておくれ。さぁ、みんな、龍神様の沼に生贄を沈めに行こう」

担《かつ》ぎあげられた浪人は、ひたすらにわめき、怒鳴り散らし、さらには哀願さえしたが、聞く耳を持つ者は、誰一人いなかった。

DEAD OR ALIVE《生死を問わず》

ある日、町中の電柱や壁に、鳥の写真が印刷され、「逃げ出してしまったオウムを探しています」という文章が書かれたポスターがベタベタと貼られた。

ポスターを貼ったのは、町に住む老夫婦で、二人が飼っているオウムのことは、町の人間の多くが知っていた。

町の人々を驚かせたのは、貼られたポスターの枚数もさることながら、そのオウムに「百万円」という高額の懸賞金がつけられていたことだ。

「あのご夫婦、オウムを、自分の子どものように可愛がっていたからな。オウムって、五十年以上生きるらしいよ。もう何十年も一緒に暮らしているって言ってた。だから、お金に糸目をつけないんだね。お二人、優しいよね。品もあるし」

町の人々は、ポスターを見て、そんな会話を交わした。しかし、願いも届かず、オウムは見つからないようで、飼い主の老夫婦が、捕虫網を持って町中をウロウロしている様子が、たびたび目撃された。

その日も老夫婦は、必死の形相で、オウムを探し回っていた。妻が、なじるような口調で、夫に向かって言った。

「あなた、エアガンなんて持っていたら、町の人に怪しまれるでしょ！」

「じゃあ、オウムが、アミの届かないところにいたら、どうするつもりだ？　これで撃ち殺すしかないだろ？　なんで俺が怒られるんだ？　そもそも、お前が、鳥カゴの扉を開けっぱなしにしたのがいけないんじゃないのか？」

反論してきた夫に、妻が、怒鳴るように言った。

「そもそもで言うなら、あなたが、変なオウムを連れ帰ってきて、ご近所さんの悪口を聞かせたのがいけないんでしょ！」

『隣のクソババァ』『下手なピアノを弾いてんじゃないわよ』『ほんと、頭が悪そうなガキよね』……オウムが覚えた悪口は、全部、お前の言葉だ！　あのオウムが、町中で俺たちの真似をして悪口をさえずり回ったら、大変なことになるぞ！」

二人の頭の上、上空を、オウムが楽しそうにさえずりながら飛んでいった。

「トナリノクソババァ……ウルセエ……ウルセエ」

笑顔

「兄さんの財産は、あの女のものになっちゃうってこと?」

「そんなわけあるか！　兄さんの死因はまだ警察が調べているんだ。証拠が何もなくたって、犯人は、あの女に決まっている。これは、殺人事件だ！」

お通夜《つや》の夜、亡くなったひろし伯父さんの家に親戚が集まって食事をしている時、僕のお母さんをふくめ、伯父さんのきょうだいの人たちは、そんな話ばかりしていた。お母さんは、ふだんそんな悪口を言う人ではなかったから、僕は悲しかった。

子どもの僕には、家柄だとかなんだとか、難しいことはわからないけれど、お母さんたちはひろし伯父さんの奥さんの、かえで伯母さんのことが嫌いらしい。

でも僕は、かえで伯母さんのことが大好きだ。いつも優しく微笑んでいて、僕がお母さんに叱られて泣いていたとき、そっと慰めてくれたこともある。

ひろし伯父さんが突然亡くなって、一番悲しいはずなのに、かえで伯母さんはみんなのために、お酒を注いだり、料理を運んだり、ずっと忙しく働いていた。

かえで伯母さんは、自分がつらいときでも、絶対にそれを顔に出さない。きっと周りに心配をかけたくないんだ。

食事の途中、ふと僕は、それまで部屋を出たり入ったりして、ずっと動き回っていたかえで伯母さんの姿が見えないことに気づいた。

お母さんも他の親戚も、みんな、ひろし伯父さんの思い出話や、かえで伯母さんの悪口に夢中になっている。僕はなんとなく心配になって、こっそり部屋を抜け出した。

かえで伯母さんを探して、家の中を歩き回った。でも、見つからない。親戚たちの悪口に耐えかねて、どこかに出かけてしまったのだろうか。

さっきからゴロゴロと雷《かみなり》の音がしている。そう言えば天気予報で、夜は雨が降ると言っていた。わざわざこんな時に外に出るなんて……。

不安を感じたその時、庭に誰かがいることに、僕は気づいた。

かえで伯母さんだ！　暗くて見えにくかったけれど、それはたしかに伯母さんの後ろ姿だった。僕はホッとして、庭にとび出した。

そして、そのまま近寄って、呼びかけようとして、僕はハッとした。

かえで伯母さんの肩が、震えている。

そこは庭の温室の前だった。ひろし伯父さんもかえで伯母さんも花が好きだったから、庭にガラス張りの温室を作って、二人でたくさんの花を育てていた。

ガラス張りの温室の中は、いつもきれいな色とりどりの花でいっぱいだった。それが今は、真っ暗で、何も見えない。花の代わりに、暗い夜の闇を、ギュウギュウに押し込めたみたいだった。

空から雷の音がまた聞こえてきて、僕はなんだかすごく不安な気持ちになった。かえで伯母さんは今、どんな顔をしているんだろう。僕は、いつもの優しく微笑んでいる伯母さんしか知らないし、伯母さんの笑顔が大好きだ。だから、伯母さんの泣き顔なんて見たくはない。

僕は、そのまま家に戻ろうと思った。でも、僕がつらいとき励ましてくれたかえで伯母さんを、このまま一人ぼっちにしていくなんて、そんなことしていいわけがない。だって、ひろし伯父さんがいなくなった今、もう伯母さんの味方をしてくれる人は誰もいないのだから。

僕は勇気を出して、一歩踏み出した。

そして口を開きかけたそのとき、空で雷が、ピカッと強烈に光った。

「……っ！」

どこかに落ちたのか、少し遅れて大きな音がした。

僕は言葉を失って立ちすくんだ。そして、その瞬間に、ひろし伯父さんの謎の死の真相にたどり着いた。

雷が光った一瞬、温室のガラスが鏡のようになり、かえで伯母さんの顔を映し出す。その顔が、僕の目にこびりついて離れなかった。

かえで伯母さんは、笑っていた。いつもの優しい微笑みとは違う、親戚の人たちがかえで伯母さんを馬鹿にするときに浮かべる表情を何倍も醜《みにく》く歪めたような笑い顔だった。伯父さんの死を悲しむどころか、まるで、逆に喜んでいるみたいに、伯母さんは不気味《ぶきみ》に笑っていた。肩が震えていたのは、涙ではなく、笑いを我慢できなかったのだとわかった。かえで伯母さんが、伯父さんの死にどうかかわっているのか、詳しい事情は僕にはわからない。ただ、二人が単なる仲よし夫婦ではなかったことだけはたしかだろう。

「あら、どうしたの？」

ふと伯母さんが、僕に気づいて振り向いた。僕は何も答えることができなかった。

「……雨が降り出しそうね。もう、お家の中に戻りましょう」

そう言うかえで伯母さんの顔には、いつも通りの、優しい微笑みが浮かんでいた。

被害者たちの行方

「――連続殺人の疑いで、元中学校理科教師の女が逮捕されました。容疑者は多くの失踪事件に関与し、被害者を殺害した上、死体を遺棄したと見られていますが、黙秘を貫いており、警察は遺棄された死体の発見を急いでいるとのことです――」

そんなニュースを聞いて、私は暗い気分になった。

もちろん、事件そのものも悲惨だが、容疑者が理科の教師だったというのも、まさに今、中学校で理科を受け持つ女教師である私にとって、無視できない問題だった。

こういう人間のせいで、世の中の理科教師に対する印象が、ますます悪くなる。

学校の理科の教師というのは、どうにも偏った見られ方をすることが多い。

ホルマリン漬けとか、不気味な備品が理科室にあるせいなのか、いろんな実験をする、理科という科目のイメージのせいなのか、とにかく、変わり者だと思われがちだ。

気にしすぎと言う人もいるかもしれないが、これまで私が理科教師として、様々な偏見にさらされてきたのは事実である。

現に、今の学校でも、私は、生徒たちに好き勝手な噂を流されている。

なんでも私は、菌類オタクで、自宅のじめじめとした暗い部屋で、何種類ものキノコを栽培して、ニヤニヤと愛でているらしい。

風評被害も甚《はなは》だしい！　まったくのデタラメだ。どうして私が、そんな生活をしているように見えるのだろうか。家でニヤニヤしているとしたら、それは恋愛ドラマを観ているときくらいだ。

もっとも私が中学生だった頃の理科の教師は、まるでハブ酒か何かを飲むように、様々な生物のホルマリン漬けの溶液で毎日晩酌している、なんて噂を立てられていた。それよりは、多少マシかもしれないが……。

こういう怪しい噂を流される理科教師の、ひいては、理科というもの自体の印象を改善したいというのが、かねてからの私の願いだった。

骨格模型の骸骨が、時々ひとりでに動き出すとか何だとか、ありがちな怪談話も、私の学校では後を絶たない。

もちろん、子どもたちが、その手の話が大好きなのはわかっている。しかし、噂話のネタとしてではなく、もっと純粋な理科そのものの楽しさに気づいてほしい。

そのためには、どうすればいいか。元理科教師が逮捕され、ネガティブな印象が強まりかねない今だからこそ、もう一度しっかり考えてみるべきかもしれない。

私のところに、突然、刑事が訪ねてきたのは、そんなことを思いながら、理科室の備品を掃除しているときだった。

「お忙しいところ、すみません。実は、先日、逮捕された連続殺人事件の容疑者のことで、お話をうかがいたいんですが……」

驚いてとまどう私に、中年の刑事は手早く説明した。

「容疑者は、あなたの前に、この学校で理科教師をしていたんです。ニュースでは黙秘していることになっていますが、実際は、オノマトペ症候群という、まともに話すことができなくなる病気にかかっていまして、それが原因でこの学校も辞めたんです」

たしかに、私の前任の教師が、うまく言葉が話せなくなって、急に退職したという話は聞いていた。その穴を埋める形で、私はこの学校に赴任したのだ。

「結婚もしていたんですが、夫に隠れて殺人を繰り返していたようです。夫の前ではいい妻だったようですが、精神はむしばまれていたんでしょうな。だから病気にもなった。そして、とうとう夫をも包丁でめった刺しにしましてね。それがきっかけで、逮捕され、他の殺人事件への関与も判明したんです。しかし、病気のこともあって、被害者の行方を聞き出すのに難航していまして……」

　刑事は一度、ため息をついてから続けた。

「校長先生や、他の先生方にも話をお聞きしてるんですが、何か心当たりのようなものがあればと思いまして……」

「心当たりと言っても、私は前任者に直接、会ったこともなくて……」

　そう答えたとき、ふと私は、生徒たちが話してくれた前任教師の噂を思い出した。

――前の先生ね、実は骨格マニアで、骨格模型を自作するのが秘密の趣味だったらしいよ。成人の骨格模型だけじゃなくて、子どもの骨格模型とか、いろいろな骨格模型を自分で作って、この学校で使ったり、ネットで販売したりしてたんだって！

　くだらない噂だと思っていたが、あれは本当に、根も葉もない話だったのだろうか。もし本当なら、その骨格模型の材料は、もしかして……。

　たまにはきれいに拭こうと、ちょうど刑事が来た時に取り外して、そのまま手に持っていた骨格模型の頭蓋骨を、私は思わず、床に落とした。

「どうかしましたか？」

　私の動揺に気づいて、刑事が言ったが、答える余裕はなかった。床を転がり、私のほうを向いて止まった頭蓋骨の口が、何かを訴えるように、微かに動いた気がした。

オウムはかすがい

その夫婦には、子どもがいなかった。夫は、「子ども代わりに」というわけではないのだろうが、どこからかオウムをもらってきて、「一緒に飼おう」と妻に提案した。

「このオウム、昔のバンド仲間の知り合いからもらってきたんだ。元の飼い主から離されて、今はちょっとむくれちゃっているけど、人間と会話できる、すごいオウムなんだよ」

しかし、オウムは、かすがいにはならなかった。夫婦の気持ちは、少しずつすれ違い、二人の仲はだんだんと冷え、口論することも増えていった。

ある日、ささいなことから夫婦喧嘩となり、ついつい夫は妻を罵倒してしまった。

——なんで彼は、あんなに怒鳴るんだろう。やっぱり、結婚前のあの浮気のことを許してくれていないのかな。あのときは、『君が僕を二度と裏切らないと約束してくれるなら、僕はすべて忘れる』と言ってくれたのに。

妻は、一人寝室にこもって泣いた。寝室には、オウムのピーコのカゴがある。

妻は、オウムに、「私たち、もうダメかもしれない」と語りかけた。

すると、顔を手で覆い泣く妻の耳に、人間のものではない、カン高い声が聞こえてきた。

「ミーチャン、ゴメンネ。ナンデボク　アンナコトイッテシマウンダロウ。ミーチャンノコト、アイシテイルノニ。ミーチャン！」

ミーちゃんとは、夫が妻につけた愛称である。

夫も、口論をすると、寝室にこもるときがある。てっきり、ピーコ相手に、自分の悪口を言っているかと思っていたが……。

妻は、涙をふいて、夫のいるリビングに戻った。

「私、やっぱりあなたのことを愛している。夢を追いかけていたころのあなたも、私のために夢をあきらめてくれたあなたも。私、これからの人生も、あなたと一緒に生きていきたい」

夫も、照れくさそうに答えた。

「もちろんだよ。ピーコも一緒にね」

ゾンビマニアの憂鬱

「ゾンビは、動きが遅いからいいのよ。狂暴に暴れるんじゃなく、何も考えていないような、無感情な様子で襲いかかってくるから怖いんじゃないの」

「いつのゾンビ映画だよ。やっぱ全力疾走で襲ってこないと、全然緊張感がないよ。最近のゾンビ映画は、たいていそういう演出がされてるよ。中には、知能があって人を騙《だま》したり、道具を使ったりするやつも……」


ハッとして、俺は目を覚ました。重い体をあわてて起こし、周囲を見回す。

大学時代の夢を見ていた。映画研究部に所属して、いつも仲間と映画論を戦わせていたあの頃は、本当に楽しかった。今の妻とも、そこで出会ったのだ。

しかし、あの頃は思ってもいなかった。まさか、自分たちが気楽に観ていたゾンビ映画の世界が、現実のものになってしまうなんて……。

破壊された車から煙が上り、建物のガラスは砕け、残骸が転がっている。俺が目を覚ましたのは、そんな荒廃した町の片隅だった。

——あぁ、これが夢ならいいのに。

ある日、突如として世界中に正体不明のウイルスが蔓延《まんえん》し、ゾンビ化した人間が次々と人々を襲い始めた。社会は大混乱に陥り、政府が機能しているのかすら、もはや不明だ。真偽はわからないが、戦争のために某国が開発したウイルスが、何かの事故で拡散されてしまった、という噂を聞いた。ウイルスだけではなく、ゾンビとも戦わなくてはいけないこの状況を収束させるためには、空から「神」が舞い降りてくれる以外ないだろう。

阿鼻叫喚《あびきょうかん》の中を、妻と娘を連れて逃げまどった俺は、町はずれの廃屋《はいおく》に身を潜めた。打ち捨てられた倉庫のような場所で、隠れるにはよかったが、食料も何もない。俺は物資と情報を求めて、妻と娘を残し一人でふたたび外へ出た。

しかし、町は地獄さながらだった。何度もゾンビに見つかって襲われ、必死で逃げる中で、俺は意識を失ってしまった。

なんとか無事に目を覚ますことができたが、もう陽が暮れかけている。早く廃屋に戻らねば。中々帰らない俺を、家族が心配しているはずだ。

そう思った時、突然、大きな叫び声が聞こえた。それは俺に向けられた声だった。見ると、一体のゾンビが俺に向かって、猛烈な勢いで迫って来ていた。今にも噛みつかんばかりに開かれた口から、狂暴な声を上げ、常軌を逸した恐ろしい形相で全力疾走してくる。

すくみそうになる足を無理やり動かして、俺は駆け出した。猛烈に、執拗《しつよう》に追いかけてくる姿は、学生時代に楽しんで観ていた映画のゾンビそのものだった。「ゆっくり動くゾンビじゃつまらない」なんて、言うんじゃなかった！

しかも手には、武器とおぼしき金属バットが握られている。いきなり噛みつくより、そういう凶器でまず動きを止めた方が良いと理解しているのだろう。

もう駄目だ！　捕まる！　何度もそう思った。しかし、ここでやられるわけにはいかない。妻と娘が、俺を待っている。死に物狂いで俺は走り続けた。

なんとか逃げ切ることができたのは、奇跡と言ってよかった。

俺はフラフラになりながら、廃屋のすぐ近くまで戻ってきた。

相手は、ある程度の知能を備えたゾンビである。隠れ家がバレたら一巻の終わりだ。俺はキョロキョロと周りを見回して警戒した。

恐ろしいゾンビだ。人間が噛みつかれて感染し、あんなゾンビが際限なく増え続けるなら、もはや人類に未来はないだろう。

俺の体も傷だらけになっている。そこら中の皮膚が裂け、肉が露出し、かなり深い切り傷もある。本当によく帰ってこられたものだ。

その時、ふと割れた鏡が目に入った。カーブミラーか何かの破片が、道に落ちていたのだ。そこに映った自分の顔を見て、俺は息を飲んだ。

俺の頭部は、砕けてつぶれ、食いちぎられたようにえぐれていた。一目で、生きていられるはずがないとわかる状態だ。その瞬間、意識を失う直前、ゾンビに襲われた時の最後の光景がハッキリと思い出された。組みつかれ、ゾンビの口が俺の頭に……。

先ほど、金属バットを持って俺に襲いかかってきたのは、ゾンビだったのだろうか。あまりに恐ろしげな形相をしていたからゾンビだと思い込んでしまっていたが、まだ少年のような幼さの残るその表情には、どこか理性が存在するようにも感じられた。それに、今考えてみれば、「俺を殺せ！」とか叫んでいたような気がする。知能が残されているとはいえ、ゾンビがそんなことを話せるのだろうか？　あれは、ゾンビなどではなく、人間だったのだ。ゾンビになっていたのは、俺のほうだった！　ゾンビに対する激しい憎しみと怒りが、あの人間を突き動かしていたのだ。

底なし沼のような絶望が、俺を飲み込んだ。こんな姿で、どうやって妻と娘のところに帰ればよいのだろう。二人の元へ無事に戻る、それだけを願って、必死で逃げてきたのに。

心が、今にも砕け散りそうだった。ゾンビは無感情な方がいい——大学の頃、そんなことを言った妻に俺は反対した。でも今は、妻の言うことが正しかったと思う。なぜ、ゾンビになった俺に理性が残っているのかはわからないが、「体はゾンビになったのに、心は人間のまま」なんて、とても堪えられそうにない。

これから俺は、どうすればいいのだろう。頭がつぶれているのに、何の支障もない。このゾンビの体は、限りなく不死身なのだ。これでは、自ら死を選ぶことも——。

その時、ある閃きが浮かんだ。そうだ、不死身なのだ。もっと前向きに考えればいい。逆に考えれば、妻も娘もこの状態になれば、永遠に一緒に——。

俺の考えはおかしいだろうか。俺の心は、本当はもう人間ではなくなっているのだろうか。わからない。ただ妻と娘と離れたくないという気持ちが、俺の足を廃屋へと向かわせた。

理解者

新進気鋭のその画家は、難解なモチーフの作品を描くことで有名だった。

「何を描いているのか理解できない」と批判されることも多かったが、よき理解者もいたことから、彼は現代美術界において、注目される存在になっていった。

その理解者の一人である、とある美術館の館長が画家に言った。

「来春の美術館のリニューアルの目玉として、是非、この美術館のために、作品を一点制作してもらえないだろうか？」

画家は、二つ返事で了承し、つい先週、作品を美術館に納品した。

今日は、美術館のリニューアルオープンの日。

「美術館のいちばん目立つところに、作品を飾らせてもらったよ」

そう館長が言っていた自分の作品を観にきたのだ。

有難いことに、画家の作品は、本当によい場所に飾られていた。そして、館長自らが、観客たちに、作品の解説をしてくれていた。

館長の説明が終わると、観客たちは、ほかの展示作品のほうへ移動する。一人残された館長のそばに近づいて、画家はお礼を述べた。

「こんないい場所に飾ってもらえて嬉しいよ」

「いやいや、お礼を言うのは、こちらのほうだよ。君の作品も評判がよくて、この絵を観るために、大勢の人が美術館にやってきてくれる」

画家は、照れを隠すためか、弱々しい笑みを浮かべながら、館長に言った。

「それは、有難いことだね。私の作品なんか、あまり興味をもってもらえないと思っていたからね。……それはさておき、この私の絵だけど、上下逆さまに飾ってあるのは、何か深い理由があるのかな？」

＊　　＊　　＊

以前、美術館で作品が上下逆さまに飾られてから、画家は自分の作風を変えた。

「結局、私の作品は、理解されていなかったんだ。もっとわかりやすい——神話なんかをモチーフにした作品を描かなきゃいけないんだろうか……」

ある日、またあの美術館から、作品制作の依頼があった。画家は、ギリシア神話から題材をとり、「イカロスの墜落」という作品を描き上げた。

迷宮から脱出するために、羽根と蠟《ろう》で作られた翼で大空に飛翔したものの、父親ダイダロスの注意を聞かず、太陽に近づきすぎてしまったため、アポロンの怒りを買い、翼の蠟が熱で溶け墜落死した、イカロスのエピソードをモチーフにした作品である。

そして画家は、展示を観に行って、今度は、怒りを我慢しなかった。

「どういうことなんだ！　また、作品が上下逆さまに展示されているじゃないか！　タイトルに、『墜落』ってあるだろう？　頭から落ちているって、わかるだろう!?」

館長は、申し訳なさそうに言った。

「忙しくて、作品のタイトルを見ていなかった……。本当に申し訳ない。しかし、もうこの向きで何日も展示してしまっている。今さら向きを変えれば、展示が間違っていたことが知られてしまう……。どうだろう、ひとつ相談なんだが、作品のタイトルを、『イカロスの昇天』に変えてもらえないだろうか。墜落して死んだら、結局、『昇天』するんだろうし……。それに君の作品は難しいから、お客様は、勝手に何か意味があると思ってくれるよ。そもそもお客様は、『仲原風月の絵』を観にきているのであって、この『イカロスの昇天』を観にきているんじゃないと思うんだ」

ネバーランドの約束

僕は今、子どもだけの王国——ネバーランドで暮らしている。

ピーターパンや他のみんなと一緒に、悪い海賊と戦ったり、伝説の宝を探したり、剣や槍《やり》で恐ろしい魔物を退治したり……ここでの生活は、毎日が大冒険だ。

この国にいれば、僕たちはいつまでも子どものまま、楽しく過ごすことができる。

お母さんみたいな、身だしなみをきちんとしなさいとか、遊んでないで勉強しなさいなんて、口うるさく言う大人は、ここにはいない。

でも、何も約束がないってわけじゃない。例えば、「西にある深い森には、絶対、入っちゃいけない」と、ピーターパンに約束させられている。

魔物たちの住処《すみか》になっているだけじゃなく、いろんな呪いがかけられていて、何が起こるかわからないらしい。

だけど、そんな話を聞いたら、逆に行ってみたくなるじゃないか。

ある日、僕は、約束を破って、こっそりと一人でその森へ行った。魔物に襲われないか不安だったけれど、結局、魔物に出会うことはなく、それどころか何の新しい発見もなく、森を抜け出てしまった。

しかし、その直後から、自分の体に異変が起こり始めた。

まずは、体の中の骨や関節がきしむように痛くなった。続いて、声が低く野太くなり始めた。最初は、風邪か何かでのどを痛めたのだと思ったけれど、いつまで経っても治らない。

そして、身長が伸び始め、全身の毛も濃くなってきた。

まさかこれは、西の森の呪いによって、僕の体が、大人になりかけているということなんじゃないだろうか。大人になったら、ネバーランドにはいられない。もう、みんなと一緒にいられなくなってしまう。きっとあの森に入ってしまったせいだ。僕は泣きながらピーターパンのところへ行って、約束を破って森に入ったことを話した。

ピーターパンは怒ったりせず、僕を励ますような、頼りになる声で言った。

「君の心が、純粋な子どものままだってことは、ちゃんとわかってる。体が元に戻るように、僕が魔法をかけてあげよう。ただし、魔法が完全にかかるまでは、他の人に姿を見られちゃいけない。魔法が解けてしまうからね」

そしてピーターパンは、僕を西の森にある小屋に連れていった。なんでも、西の森でかかった呪いは、西の森でしか解けないらしい。魔法で呪いが解けた頃に、僕を迎えに来てくれるという。僕はそこで一人きり、隠れて暮らし始めた。

早く子どもに戻って、またみんなと冒険したい。初めのうちは、そんな期待に胸を膨らませて過ごしていた。けれど、何日経っても、ピーターパンは迎えに来なかった。

まだかな、まだかな。いったい、いつ迎えに来てくれるんだろう……。

とうとう僕は、がまんができなくなって、小屋を出て森を抜け出した。早くみんなのところへ戻りたかった。

僕を見るなり、みんなは歓声を上げて、走り寄ってきた。僕は嬉しくて泣きそうになった。けれど、何か様子がおかしい。みんなの手には、剣や槍が握られているのだ。

「魔物が来たぞ！　やっつけろ！」

みんなはとても楽しそうに、僕に向かって武器を振りかざした。

「やめてよ！　僕だよ！」

そう叫ぼうとしたけど、僕の口から出たのは、野獣のようなうなり声だった。ずっと一人で、誰とも話さずにいたせいで、声の出し方を忘れてしまったのだろうか。

襲いかかってくる仲間たちから必死で逃げて、気づけば、かなり離れた湖のほとりまで来ていた。走り疲れて、のどはカラカラに渇いている。水を飲もうと、湖に近づいて、僕は思わず悲鳴を上げそうになった。

水面には、大きな体で、毛深い、魔物の姿が映っていた。以前、僕が笑いながら退治していた、あの魔物の姿が……。

——なぜ？　僕の体は、呪いによって大人になってしまいそうだったんじゃないの？　その呪いをピーターパンが魔法で解いてくれるはずだったのに……。

しばらく泣き続け、大人になって疑うことを覚えた僕の頭が、はたと理解した。なぜネバーランドには大人がいないのか。そして、僕らが退治する魔物たちが、どこから現れるのか、を。

——僕の身長や体毛が伸び、声が低くなったのは、西の森の呪いではなく単なる成長だ。そして、ピーターパンは、呪いを解く魔法をかけていたんじゃない。大人になろうとしている子どもたちを魔物にする魔法をかけていたんだ。

僕はもう二度と、元の子どもに戻ることはできないのだろう。後悔と悲しさで胸がいっぱいになって、声を上げて泣いた。そして、誰かにこのことを伝えたくて大きな声で叫んだ。しかし、魔物の醜いうめき声が、静かな湖に響き渡るだけだった。

タイムマシン・ラプソディ

とある科学者が、突然、タイムマシンの開発に成功したことを発表した。

それまで、数多くの才能ある科学者たちが挑んできたものの、結果を出すことのできなかった夢のマシンである。

タイムマシンを発明した科学者は、世界中から報道陣を集め、自分の理論を説明しだした。

「……つまり、タイムマシンのポイントは、マシン自体ではなく、インフラにあったんです。いくら高性能の自動車があっても、きちんと整備された道路がなければ走れないですよね？　タイムマシンも、それと同じです」

そして、科学者は、白衣を着たまま、自らタイムマシンに乗り込むと、エンジンらしきものを起動させた。タイムマシンは、時空に吸い込まれるように、徐々にその姿を消した。

それから、約一分後、時空の中からふたたび現れたタイムマシンは、何かに衝突したようにボディ部分がボコボコに凹《へこ》んでいた。そして、操縦席から出てきた科学者も、顔や白衣は煤《すす》だらけ、髪の毛も、大昔のコントの「実験失敗」を示す記号のように、チリチリに焼け逆立っている。

報道陣は皆、タイムマシンの失敗を予感した。が、科学者の口から出たのは、意外な言葉だった。

「実験は成功しました。私は、百年前の東京に行き、自分の先祖に会ってきました。そこから、何度か小さな時間旅行も繰り返しました……」

そして、やや照れくさそうに苦笑いを浮かべ、続けた。

「しかし、目的の時間ポイントに向かったり戻ったりする途中、やはり、目的地から戻ったり向かったりする、私自身が乗ったタイムマシンとすれ違うことになりました。二台のタイムマシンがすれ違うには、道が細すぎました。何度も何度も衝突して、この有り様です」

＊　　＊　　＊

店の外から、ドーン、という大きな音が聞こえ、寿司職人の男は、仕込みの手を止めた。

——交通事故かな？

男が、外に出てみると、店の前に、奇妙な形の自動車のような乗り物が停まっている。その乗り物は、ボディのところどころが凹んで、煙も上っているが、近くにほかの自動車もなく、壁か何かにぶつかった様子もない。

——あの大きな音は、何だったんだ？

状況が飲み込めず、男が不思議に思っていると、奇妙な乗り物のドアが開き、中から煤で汚れた顔の科学者っぽい男が降りてきた。彼が科学者っぽく見えたのは、顔と同じく煤でうす汚れてはいるが、白衣を着ていたからである。

科学者は、寿司職人の顔を真っ直ぐに見つめると、ためらうことなく歩み寄ってきて、力強い声で言った。

「約束通り、やってきました」

しかし、寿司職人は、科学者にまったく見覚えはなく、当然、そんな約束をした覚えもない。

「は？　お前さんは誰だい？　こちらには、あんたと約束をした覚えはねぇんだが？」

科学者は、少し困ったような表情をしたものの、やはり自信に満ちた声で言った。

「私が誰なのかは、理由があって、言うことができません。しかし、あなたと約束したことは間違いありません。いや、約束というか、あなたのほうから、今日来るように命令されたんです」

寿司職人は、忙しい仕込みの時間に、こんな意味不明の茶番に付き合わされていることに、だんだんと苛立ちを覚え始めた。

「知らねぇって言ってんだろ⁉　こっちは忙しいんだ。顔を洗って出直してきな！」


その二日後――。

また、外で大きな音がして、あの科学者がやってきた。乗り物は、よりひどく損傷していたが、科学者の顔だけは、前と違って煤で汚れてはいなかった。その顔を見ると、見知っている顔のような気もするが、やはり、記憶にはない。

科学者は、また、「あなたに言われてやってきた」と、同じことを繰り返し始めた。何度考えても、そんな約束をした覚えはない。何を言っても、かたくなに同じ言葉を繰り返す科学者に、とうとう寿司職人の怒りが爆発した。

「だから、知らねぇって言ってんだろ！　おととい来やがれ！」

＊　＊　＊

科学者が考えたタイムマシンは、理論的には、間違いのないものだった。

タイムマシン本体ではなく、インフラに問題があることが立証された結果、世界中が協力し、急ピッチでインフラの整備が進められた。

タイムマシン道路（通称：ＴＭ道路）には改良が加えられ、時間旅行ができるようになった人類は、過去・未来への旅を楽しむようになった。

タイムマシン本体の製造も、そんなにコストがかかるものではなかったため、あっという間に量産され、世界中の人々が入手できるマシンになった。

しかし、ＴＭ道路が開通して一年後、世界中のタイムマシンは、故障してしまったかのように、動かなくなってしまった。

その原因を究明するため、科学者がチームを作って調査にあたった。

そして、驚くべき結果——しかし、誰もがうすうすは気づいていた結果が、発表された。

「今回の事態は、タイムマシンが故障したわけではありませんでした。タイムマシンが動かなくなった原因は、交通渋滞です。どんなにスピードを出せるスポーツカーに乗っていても、高速道路の渋滞にはまってしまえば、動けなくなってしまうか、のろのろとしか走れません。

これは、ただそれだけの状況、タイムマシンに欠陥があるわけではないのです」

科学者の言う通り、タイムマシンは、止まっていたわけではなく、非常にゆっくりとではあるが、動いていた。

三日後の未来に行くために、三日間かかってしまう——

ただ、それだけのことであった。

＊　＊　＊

私は、とうとうタイムマシンを完成させた。

時間旅行で重要なのは、実は、タイムマシン本体ではなく、インフラのほうだったのだ。そのことがわかってから、開発はトントン拍子に進んだ。

私がタイムマシンを発明したのは、どうしても行ってみたい時代があったからだ。だから、人生を研究に捧げる覚悟で、このマシンを完成させた。

マシンの完成までに、五十年以上かかってしまったが、後悔はない。あのときの後悔に比べたら、そんなことは取るに足らないことだ。

目的の時代と大雑把な場所を設定し、私は、タイムマシンを起動させた。

そして、たどりついた時代で簡単な調査をし、ある家の前で張り込んだ。

小一時間後、私がターゲットとする少年が、元気よく玄関から飛び出してくる。

そのあと、追いかけるように母親らしき人物が出てきて、少年を捕まえた。何かを注意しているようだが、物陰から見ている私のところまで、その声は届かない。

早く出かけたくてムズムズしている様子の少年に向かって、母親らしき人物が大きな声で言った。その声は、私の耳にまで届いた。

「ご先祖様の名前は、ちゃんと覚えてる？」

「覚えてるよ。コウスケだろ。顔も覚えた！」

母親は、真面目な表情になった。

「絶対にあなたの正体を知られちゃダメよ！」

私の目に、自然と涙があふれてきた。はじめて会ったときから、どこか懐かしい気がしていた。クラスにはなじめていなかった彼と仲よくなったのは、それが理由だったことを思い出した。

「もしかしたら？」と思っていたが、やはり彼――ケンタは、私の子孫だった。

私がタイムマシンを発明して、この二二五〇年という未来の世界にやってきたのは、ただ一言、ケンタくんに謝りたかったからだ。

あの日、嘘つき呼ばわりしてしまったこと。そして、ケンカしたままお別れになってしまったことを――。

過去に戻って、あのときの自分に忠告することはできない。そんなことをしたら、後悔のない自分は、タイムマシンを作ろうとは思わないだろうし、タイムマシンがなければ、子孫であるケンタが私に会いに来ることもできないからだ。

母親が、自分の手を振り払って走り出したケンタに言った。

「何かあったら、その白いカブトムシ型の通信機で必ず連絡するのよ。必ず迎えに行くから。それは、時代を超えて通信することができる、お守りみたいなものだから、絶対になくさないでね！」

悲しき面会

——あの頃の自分は、本当にどうかしていた。今の俺は、かつての自分とは違う。そのことを別れた妻にも、言葉を交わしたことさえない子どもたちにもわかってほしい。

男はかつて結婚していたのだが、男の暴力やモラルハラスメントに耐えかねた妻から離婚を切り出され、それに応じた。あのときは、「出世の役にも立たないこんな女と別れても、なんの未練もない」とさえ思っていた。

社長令嬢であった妻と結婚したのは、もっぱら出世のためであった。それなのに結婚後、妻の父親が亡くなり、あっという間に会社の経営は傾き、妻の一族は経営権を手放した。つまり、妻は、社長令嬢ではなくなったのだ。

もともと、妻に対して愛情をもっていなかった男ではあったが、直接的な暴力を振るうようになったのは、それからだった。

離婚後の男は、坂を転がり落ちるように失敗し続け、すべてを失った。そして、そんな状況になってはじめて、男は自分のしてきたことを後悔したのだ。

——妻に許してもらえるとは思っていない。でも、あの子たちには、父親が必要なはずだ。

妻と別れたとき、妻のお腹の中には、子どもたちがいた。「子どもたち」というのは、生まれてきた子どもが、男女の双子だったからだ。

しかし、男は、子どもたちに会ったことはない。親権が妻にあるのはもちろんだが、その妻は、「絶対に子どもたちに会わせない」と主張した。遠くで子どもたちの姿を見たことはあるが、近づくことも、話をすることも許されていない。

妻と直接話をすることも拒否されていた男は、何十通もの手紙を書いて、妻と交渉を続けた。

「一度きりでいいから、子どもたちのそばに行って、顔を見ることを許してもらえないだろうか」

何がきっかけになったのかはわからないが、妻から子どもたちとの面会の許可が下りた。手紙が百通を超えた頃——まだ春の兆《きざ》しが見えない、寒い季節のことだった。

妻が住むマンションの部屋を訪れて、子どもたちの姿を見ることは許されたが、妻からは、二つの条件が出された。

まず、「子どもたちと話はできない」ということ。子どもたちが何かしゃべってきたとしても、許されているのは、うなずいたり首を振ることだけ。男のほうから話しかけることは許されていない。

そしてもう一つ。「会うときには、妻が準備したお面なり、覆面《ふくめん》なりといった、顔を隠すものを着用する」ということ。妻の手紙には、子どもたちに、男の顔を覚えさせたくない、という理由が書いてあった。

その二つの約束を破った場合、もう二度と子どもたちに会うことは認めない、ということも添えられていた。

――子どもたちのそばで、子どもたちの声を聞き、子どもたちの元気な姿が見られるならば、そんな条件など、どうでもいいことだ。

男は、子どもたちの顔を間近で見ることに希望をいだきながら、面会日の前日、眠りについた。

面会日当日――。

男はインターホンを鳴らさず、マンションのドアノブを静かに回した。そういう手はずになっているのだ。妻が、あらかじめ鍵を開けておいてくれており、ドアは開く。長い廊下の向こうの部屋から、子どもたちがはしゃぐ声が聞こえる。もしかすると、子どもたちも、今日の日を楽しみにしてくれているのかもしれない。

玄関には、妻が準備したお面が、裏返しに置かれていた。男は、無言でそのお面を顔につける。そして、ゆっくりと廊下を進み、閉ざされた部屋の扉を――今度は勢いよく開けた。

男の子が、すごい勢いでこちらに突進してきたかと思うと、男に何かを投げつけた。

「オニは～そと！　オニは出て行け！」

女の子は、絶叫し、泣きじゃくりながら、部屋の中を逃げ回る。

「こないでー。こっちにこないでー！」

そして、二人で憎いものを見るような表情を浮かべながら、声を合わせて叫ぶ。

「オニはー、そとー。ふくはー、うちー。オニは、二度とくるな！」

小さな手で投げつけられた豆が、散弾のように男の身体をボロボロにする。それだけではない。男の心に蜂の巣のような無数の穴があき、胸に満ちていたものが、こぼれ落ちていく。

男は、その痛さに耐えきれず、うずくまって泣いた。

人生を変えた拳

——男の拳にはな、パンチ一つで、人生を変える力があるんだ。

それが、ボクサーだった父の口癖だった。

華麗なテクニックで、相手を翻弄するようなタイプじゃない、ド根性で殴り合うことしかできないような、泥臭いタイプの選手だった。勝ったり負けたりを繰り返して、いつまでもうだつの上がらないボクサーだったけれど、俺の憧れだった。

俺が小学生の頃、父は、病気で死んでしまった。

でも、俺の心の中には、いつも父の姿があった。成長して、ボクシングを始めて、プロになって、苦しいことやつらいことが何度もあっても、その度に、父の言葉を思い出し、歯を食いしばって乗り越えてきた。

俺がボクシングの道を途中であきらめず、とうとう世界タイトル戦までこぎつけることができたのは、「自分の拳にも、きっとパンチ一つで人生を変える力があるはずだ」――父のおかげで、そう信じてこられたからだ。

世界チャンピオンになれば、これまでのすべてが報われる。苦労をかけた母にも、楽をさせてやることができるだろう。

現チャンピオンは、無敗どころか一度のダウンも喫したことのない天才で、誰もが、俺の敗北を確実だと思っている。でも俺は――俺だけは、自分の拳を信じていた。

俺は拳を握り締めて、リングに上がった。

ゴングが鳴って、パンチを一発くらった瞬間に理解した。テクニックもパンチ力も、これまで戦ってきた相手とは、レベルが違う。

試合は、一方的な展開で進んだ。パンチをもらうたび、意識が飛びかけた。何とか反撃しようと、必死で手を出すが、形勢逆転の糸口すらつかめない。ＫＯされずに、最終ラウンドまで持ちこたえられたのが、信じられないくらいだった。

体はとっくに限界を超えていた。足もおぼつかず、もはや立っているのがやっとの状態だ。顔は腫れ上がり、視界もぼやけている。ポイントでは圧倒的に不利で、このまま判定になっても勝ち目はない。いや、そもそも試合終了まで、倒れずにいられるとはとても思えなかった。

強烈な右ストレートが、俺の顔面をとらえ、ガクリと膝が折れた。

もうダメだ。倒れたら、楽になれるだろうか——心まで折れてしまいそうになった時、トドメを刺そうとして、パンチが大振りになった相手の、ガラ空きのアゴが目に入った。

——男の拳にはな、パンチ一つで、人生を変える力があるんだ。

父の言葉が、脳裏に響いた。俺は最後の力を振り絞って、そのアゴめがけて、思いきり拳を突き出した。

次の瞬間、相手はリングの上に、大の字になって倒れていた。審判が試合を止め、ゴングが鳴り響く。奇跡の、大逆転勝利だった——。

タイトル戦から、俺の生活は大きく変わった。メディアの取材依頼や出演依頼が次々に舞い込んで、街を歩いていても、声をかけられるようになった。

たくさんの人からサインを求められ、みんなが俺を称賛し、応援の言葉をくれた。試合に勝った直後も、たまらなく嬉しかったが、どこか夢のようだった。でも、試合から時間が経つほどに、あの勝利は、たしかに現実だったのだという実感が湧いてきて、俺はしっかりと喜びをかみしめることができた。

俺は浮かれていた。父の言葉通り、パンチ一つで人生を変え、成功をつかんだ自分が、誇らしかった。

でも、俺は、父の言葉の意味を、本当には理解できていなかったのだ……。

ようやく試合のダメージも抜けたある日、俺が飲み屋で一人、ささやかな祝杯を上げていると、数名の酔っ払いが、俺に気づいて絡んできた。

酔っぱらいは、アレコレと無礼なことを言ってきたが、俺は適当にあしらった。しかし、そんな態度が、気に食わなかったのだろう。酔っぱらいは、さらに口汚くなって、とうとう、俺の親のことを馬鹿にし始めた。

「あんなへぼボクサーから、よくこんな息子が生まれたもんだぜ。本当にあいつの子か？　弱くて情けねぇ男なんていられねぇって、母親が浮気でもしたんじゃねぇか？」

カッとなって、気づいたときには、拳を酔っ払いの顔面に叩き込んでいた。

やがて、誰かが通報したのか、近づいてくる、パトカーのサイレンを聞きながら、大の字に倒れたままピクリとも動かない酔っ払いを、俺は呆然と見下ろしていた。

――男の拳にはな、パンチ一つで、人生を変える力があるんだ。

大きな力には、それだけ、大きな責任が伴う。刑事事件で裁判にかけられた俺は、チャンピオンベルトどころか、プロボクサーの資格も剝奪《はくだつ》され、すべてを失った。

俺は、パンチ一つで、また、人生を変えてしまった。

代償

俺は、最初の結婚に失敗し、「家庭」という最も大切にすべき宝物を失った。しかし、その責任はすべて俺にあることはわかっている。

金と出世のためだけの結婚。彼女との家庭生活を、「仕事だ」と嘯《うそぶ》いたこともあった。そして、彼女に対する暴力やモラルハラスメント。彼女に復縁してくれ、と言う資格は俺にはない。ただ、子どもたちに会えないことだけは、今でも、俺の胸を締めつける。

だから、俺は生まれ変わった。二度目の結婚で娘が生まれたとき、「俺は、この子のためになら、悪魔に魂を売ってもいい」とさえ思った。そのときは、本当に悪魔の力が必要になるなどということは、想像すらしていなかった。

子どもが生まれてから十年後のある日、俺は、自室に悪魔を呼び出していた。魔導書に書かれた通りのことをすると、魔法陣の中に、映画の中で見る悪魔が現れた。

現代医学に見放された一人娘を助けるには、悪魔の力を借りるしかなかった。

「娘は、私のいちばん大切な宝物です。私の命を差し出します。どうか娘を助けてください」

悪魔は、舌なめずりしながら、俺に言った。

「その願い、聞き届けた。しかし、お前の命を奪っても、お前自身が苦しむことはない。我々は、『人間の苦しみ』が見たいんだ。お前からは、二番目に大切なものをもらうとしよう」

その直後、病院から電話があった。理由はわからないが、娘の身体をむしばんでいた病巣が消えたのだという。私は、妻を車の助手席に乗せ、病院へと急いだ。交差点を通過するとき、左側の道路から、大型トラックが信号無視をして突っ込んでくるのが見えた。そして、直後、鼓膜を破かんばかりの大音響と強い衝撃。

目を覚ましたとき、私は病院のベッドに寝かされていた。私自身は、奇跡的に無傷だったが、乗っていた車は大破し、助手席の妻は即死だったらしい。これが、悪魔との取引の代償なのだろう――。

悪魔は、「二番目に大切なものをもらう」と言っていたが、具体的に「何をもっていくか」までは言っていなかった。だから、「もしかしたら、見逃してもらえるかもしれない」と思っていたが、やはり悪魔は、甘くはなかった。確実に私から、「この世で二番目に大切なもの」を奪い取っていった。

悪魔が言うとおり、これからの人生を、私は、苦しみと後悔を抱えて生きることになるのだろう。それにしても、妻には本当に悪いことをしてしまった。私が、「この世で二番目に大切にしている」存在——世界に一台しかないヴィンテージカーに同乗させてしまったために、巻き添えになったに違いないのだから。

壮絶な人生

彼女の口から聞いた、自分と出会う前の彼女の人生は、「壮絶」の一言だった。

名門一族の、遺産相続に端を発する愛憎劇。いがみ合う家に生まれた、彼女の両親の、駆け落ちに近い結婚。二人の間に生まれた、双子の姉妹。

そして――束《つか》の間《ま》の幸せ。

安心する暇もなく、迫り来る両家の追手。引き裂かれた、彼女と双子の妹。

妹を連れ戻そうとした彼女の父の、不審な事故死。あとを追うように病気で他界した、彼女の母親。

「それで、妹は？　妹を、いつ、どこで見たの？　幼い頃に別れたきり、妹には会うことすらできていないの。私は、ささやかだけど、幸せな人生を送れている。でも、妹は、生き別れになった妹は、私の代わりに不幸になっているに違いないの！」

興奮する彼女をなだめるように、俺は言った。

「双子って、育つ環境がまったく違っても、同じような体型になるものなんだね。顔のホクロの位置も同じになるもの？　ホクロの位置って、『運命を表す』って言うよね。だとしたら、異なる運命を生きているキミたち姉妹のホクロの位置が同じって、おかしくない？　不幸な境遇にある妹さんが、楽しそうにイケメンと手をつないで買い物してたのはまぁいいよ。幸せになる権利は、誰にもあるもんな。でも、双子なら、男性の好みも似ないのかな？　あのイケメン、キミが選んだ『俺』とは、まったくタイプが違うんだけど。それに、俺が、スーツをプレゼントしてくれたお礼に、キミに買ってあげたスプリングコートを、妹さんが着てるって、どういうことだよ？……何が、『生き別れた双子の妹』だよ。見苦しい浮気の言い訳するなよ！　俺のことが、もう好きじゃないなら、そうはっきり言ってくれよ！」

するとと、下を向いていた彼女の肩が、小刻みに震え出した。

「彼、あなたよりずっとカッコいい。夢を中途半端にあきらめて、しがないサラリーマンをやっているあなたと違って、収入も多いし、『経営者になる』っていう夢をしっかりもってる。

会話もうまいし、スポーツマンだし、オシャレだし……つまり、あなたより劣っているところなんて、一つもない。そんな彼が、『僕と結婚してくれ』って言ってき

た。でも、私、断ったわ。なんでかわかる？　あなたが好きだから！　彼に勝ってい
るところなんて、何一つないあなただけど、私は、あなたが好きなの。そうじゃなか
ったら、あなたとなんて別れればいいだけだから。そうしない私の気持ち、あなたに
はわからないの？」
彼女の肩が震えていたのは、泣いていたからではなく、どうやら本気で怒っていた
からしい。釈然とはしなかったが、俺が彼女に口論で勝てないということだけは、
はっきりとわかった。

イカロスの脱出

ダイダロスは、ミノス王の命を受け、ミノタウロスを閉じ込めるための「迷宮（ラビュリントス）」を造った。

しかし、その秘密がもれたことに怒ったミノス王は、ダイダロスとイカロスの父子を迷宮に幽閉する。そこで親子は、羽根と蠟で人工の翼を作り、空高く舞い上がり、迷宮を脱出した。

だが、父ダイダロスが注意したにもかかわらず、太陽に近づきすぎたイカロスは、アポロンの怒りを買った。

人間が、自身の象徴である太陽に近づくことなど、決して許せるものではなかったのだ。蠟でできたイカロスの翼は溶け、海に墜落し、彼は命を失った——。

そんな話をする老人の周りを囲むようにして、子どもたちが目を輝かせている。老人の話は、驚きに満ちていて、子どもたちにとっては、大きな楽しみだった。

「この話を、ほかの友だちや、みんなの父親、母親にも語ってきかせてくれ」

老人の話にうなずく子どもたちをなぎ払いながら、数人の兵士たちが、老人の目の前に立った。

「イカロスの最期を、各地で語り継いでいるのはあんたかい、爺さん」

兵士たちは、ミノス王の兵だった。彼らが、噂の出所を調べていった結果、この老人にたどりついたのだ。

「爺さんは、何を根拠にイカロスが死んだって触れ回っているんだ？　奴の死体は見つかっていないんだぜ？　そんな噂を流す理由が、何かあるのか？」

そう言うやいなや、兵士の一人が老人の衣服をはぎとった。あらわになった老人の右肩には、大きな傷跡があった。それは、かつて女神アテナが、ダイダロスの右肩につけたものと同じものだった。

老人が住む小屋に向かおうとする兵士に、すがりつくようにして老人は懇願した。

「あの子は、墜落したショックで記憶を失ったんじゃ。あの迷宮のことなど、何も覚えてなんかいやしない。頼む、見逃してくれ！　わしらは静かに暮らしたいだけなんじゃ！」

黙秘権

今は会社勤めをしている男が、かつて一緒に夢を追いかけてバンドを組んでいた友人に電話で呼び出された。

指定の場所――かつて皆で夢を語り合ったバーで、二人は近況について語り合った。

「お前がバンドを辞めて、バンドは解散してしまったけれど、やっぱり俺、夢をあきらめきれなくてさ。まだ芸能界の隅っこでぶらぶらしているよ」

友人は、少しだけ寂しそうに笑いながら言った。友人には、本当に悪いことをした。しかし、今、男の耳には、友人の声がほとんど入ってこなかった。さっきから、バーの端の席に座る老人のことが気になってしょうがないのだ。

その老人は、オウムの入った鳥カゴをテーブルに置き、何やらブツブツとしゃべっている。端からは、独り言を言っているようにも見えるが、よく聞くと、老人は鳥カゴの中のオウムと会話をしているようにも聞こえる。

「ヤスさんのことが気になるか？」

自分の話を真剣に聞いてもらえていないことに気づいた友人が、不満そうに言った。

「ヤスさんっていうのか？　なんか、オウムと話しているように見えるけど……」

「ヤスさんは、このバーの常連だよ。俺も、このバーでたまに会うくらいだけど、ヤスさんのオウムは、すごいぜ。人間と話せるんだから」

「やっぱりそうだよな。あの老人とオウム、すごく仲よさそうにしゃべってるよな」

それから、男と友人は、懐かしい思い出話に戻り、男の意識から老人は消えていた。ふたたび男が老人のほうを向いたのは、店主の怒鳴り声が聞こえたからである。

「もうこれ以上は、待てない。勘定が払えないのなら、警察に突き出すからな！」

どうやら、老人は飲み代を払えないようだった。それは今日だけの話ではなく、今までにツケで飲んでいた分の勘定がたまりにたまっているらしい。

老人が、どんなに懇願しても、店主は許すつもりはないらしい。友人も不安そうに、老人と店主のやりとりを見ている。

「なぁ、お前、ヤスさんを助けてあげられないか？　俺は、定職にもついていないから、ヤスさんと同じようなもんだけど、ちゃんと働いているお前なら、助けられるんじゃないか？」

店主に聞いてみると、ヤスさんが払わなくてはいけない額は、男の給料の一ヵ月分以上にもなる。男は、悩んだ末に、ヤスさんに言った。

「私が、あなたの借金を肩代わりしましょう。その代わり条件があります。あなたのそのオウムを私に譲ってほしい」

男は結婚して妻がいるのだが、夫婦には子どもがいなかった。妻は、仕事をしていなかったため、毎晩、一人で男の帰りを待っていた。かつて結婚する前、妻は、浮気をしたことがあった。

「夢を追いかけていたあなたと違って、私は一人ぼっち。寂しさから間違いを犯してしまった」

妻は、そう言い訳した。妻のその言い訳が本当のことかはわからない。しかし、彼女に寂しい思いをさせたのは事実だ。男は、妻を許した。そんな経緯があったから、妻の寂しさを慰めるものがほしかったのだ。

男は、バーの店主に、カードで支払いをした。しかし、そのときまた、怒鳴り声とは違う甲高い声が、店内に響いた。

「コノ人デナシ！　親友ノ俺ヲ酒代ノ代ワリニ売リトバスノカ！

十ネン一緒ニイタ、コノ俺ヲ！　ココカラ出セ！　俺ヲ自由ニシロ！

俺ハカゴカラ出テイク！　モウ人間ナンテ信ジナイゾ！　モウ人間ト二度ト話スモンカ！　黙秘権ヲコーシスル！」

そして、それからオウムは二度としゃべらなくなった。ヤスさんがフォローするように言った。

「なに、何日かしてお腹が空けば、またうるさいくらいにしゃべりますよ。十年前に私があのオウムを譲り受けたときもそうでしたから」

男は、オウムのカゴを受け取ると、「早く妻に見せたいから」と帰っていった。

男がいなくなったバーの店内で、店主が男の友人に言った。

「本当にいいんですか？　あの方、一緒に夢を追いかけた友だちなんでしょう？」

「構わないよ。あいつが突然、『バンドを辞めて、定職に就く』なんて言い出したから、俺たちバンドの夢、俺の夢も終わったんだ。たかだか数十万の金で許してもらえたんだから、御の字のはずだよ。ねぇ、ヤスさん？」

突然会話を振られたヤスさん――ステージで腹話術を披露するときは、まったく別の芸名を使っているのだが――は、何度か咳払いをし声を整えてから言った。

「ソウ！　人間モ、昔ノ仲間モ信ジラレナイ。夢モカナイッコナイ。俺ハモウ、黙秘権ヲコーシスル！」

地球の未来

世界各国の大都市の上空に宇宙船団が現れ、わずか数分の攻撃で都市を壊滅状態に追い込んだ。

しかし、世界各地にわずかに残った人類からは、拍手喝采《はくしゅかっさい》が沸き起こり、宇宙船団を「神」に喩《たと》えて賞賛する人々もいた。宇宙船団が破壊した都市は、原因不明のウイルスにより、ゾンビ化した者たちに支配されていた場所だったからだ。

もはや、ゾンビ化した人間を、元に戻せるとは誰も思っていなかった。人類が生き残るためには、ゾンビを駆逐《くちく》しなければならなかったが、誰もその方法を見つけられていなかった。

「あの宇宙船団は、もはや打つ手がなく追い込まれた我々人類を救うために、神様が遣わしてくれた使者に違いない」

そう信じる人々は、しだいに増えていった。だが、そんな藁《わら》にもすがるような期待は、すぐに木っ端微塵《こっぱみじん》に打ち砕かれた。宇宙船団は、ゾンビが支配する都市だけではなく、人類がバリケードを張ってゾンビの侵入を防いでいた都市にも攻撃をしかけ、壊滅状態に追い込んだからだ。

ゾンビに存亡を脅かされる一方、宇宙船の攻撃に反撃もできず死を待つ運命。

――人類に、もはや未来はない。

世界中のゾンビ化していない人間が、そんなことを思い、絶望に包まれたとき、宇宙船団から、各国に対し通信が入った。

「我々は、これまで悠久の時を旅し、数々の星の生命を食らい尽くしてきた。しかし、今のお前たちが住むこの星を、そうしようとは思わない。この星の自然環境は汚染され、多くの生命が健全さを欠いている。これは、我々の望む食料ではない。我々が旅を続けるためのエネルギーさえ差し出せば、これ以上の攻撃をするつもりはない……」

宇宙人たちが要求したエネルギー資源は、途方もなく莫大《ばくだい》な量であった。ただでさえ、ゾンビたちに占領され、エネルギーの確保に難渋しているのに、それを渡したら、今生き残っている人類の大半は生きていくことができないかもしれない。

各国の首脳たちは、連絡を取り合い、すぐにオンラインで国際会議を開いた。宇宙人たちの要求は、もはや脅迫と同じだった。言葉が通じるというのに、彼等は通信より先に、まず圧倒的な武力で地球を攻撃したのである。それは、「従わなければ、容赦なく殲滅《せんめつ》する」という意思表示に他ならない。いくら反対意見があろうとも、要求を拒否する選択はありえなかった。世界のリーダー的な国の大統領が言った。

「……彼等の要求を飲もう。すでに多くの犠牲者が出ている。これ以上、被害を増やすわけにはいかない。……私は、今回のことを、地球人類にとって、新しい門出のきっかけにすべきだと考えている。侵略を見逃されるほど環境が汚染されている今、宇宙人など来なくても、この星に未来はなかったに違いない。そんなことになったのは、我々が、無闇《むやみ》に資源やエネルギーを浪費してきたからではないか？　突然ゾンビが現れたことも、理由のないことではないのかもしれない。ならば、いっそのこと、そんなものは宇宙人にくれてやろう。宇宙人の手を借りず、今こそ人類が団結してゾンビを撃退する。我々自身で、地球の未来を守るべき時なんだ！」

他の国の首脳たちは、黙ってその意見を聞いていたが、やがて、一人また一人と、拍手を始め、ついに全世界の首脳が、それに賛同した。

こうして地球人類は、要求通りの莫大なエネルギー資源を宇宙人に渡した。

「約束してくれ。これから先、遠い未来においても、この星を攻撃しないと」

最後に、世界をひとつにまとめたあの大統領が、宇宙人にそう念押しした。

「もちろんだ。我々は、お前たちの未来に干渉するつもりはない」

宇宙人の返答に、世界の首脳たちは胸をなでおろした。地球には、まだ未来がある。――さぁ、これから、地球の新しい未来を築いていこう。

強い意志を、誰もが胸の内に抱いたその時、宇宙人は、さらに通信を続けて言った。

「前にも言ったように、この星の自然環境には興味がない。地表には、生命反応のない者たちがうごめいているのも不快でしかない。しかし、我々は悠久の時を旅する種属だ。空間だけでなく、時間さえ飛び越えて、獲物を探すのだ。我々の次の目的地は、百万年ほど過去の、この地球だ。その頃なら、環境も悪くないだろう。この星の未来には興味はないが、この星の過去は別だ。我々は百万年前のこの星に存在する、すべての生命を食い尽くすつもりだ」

過去へと時間の移動を始めたのか、次々と消失していく宇宙船団の円盤を見ながら、もはや地球人類は、過去の生命が食い尽くされて歴史が変わり、未来どころか、この現在の世界が、あの円盤たちと同じように消えてしまうのを、待つしかなかった。

「もう、いっそのこと、何も考えないでいいゾンビにでもなるか」

あの大統領だけではなく、世界中の人々が同じようなことを考えていた。

咆哮

クレタ島のミノス王が海神ポセイドンとの約束を守らなかったため、ミノス王の妃パーシパエは、ポセイドンに呪いをかけられてしまう。

そして、頭が牛、下半身が人間の姿をした、怪物ミノタウロスが生まれた。

ミノス王は、ミノタウロスを閉じ込めるために、名工ダイダロスに命じて宮殿の地下に「迷宮（ラビュリントス）」を造らせた。

それから、毎年、十数人の若者が、「生贄《いけにえ》」として迷宮に送られた――。

ミノタウロスが怪物として生まれたのは、ミノス王のせいであった。ミノタウロスは、自分の宿命を恨んだ。自分が理解されないことを嘆いた。

その年もまた。十数人の若者たちが、「生贄」として捧げられた。

ミノタウロスは、飢えていた。飢えの苦しみと、理解されない悲しみから、ミノタウロスは泣きながら叫んだ。その咆哮《ほうこう》は、いつまでも迷宮内にこだまし続けた。

「ウォーッ。ウオッウオッ、グオーッ。
グルルル、グォーッ、ウォーン。
ウォーン、ギュオウオウン……」

【人間語訳】

「だーかーらー。俺を見て！　この顔を見て！　ウシだよ。
ウシっぽいとかじゃなくて、完全にウシの頭じゃん！
ウシのこと、知っているよね？　見たことあるよね？
ウシって、草を食んでるじゃん。肉なんて嫌いだし、食べないし、
そもそも、上のアゴに歯《は》がなくて、噛みきれないから！
生肉って、どんな拷問《ごうもん》だよ。
こんな姿にされたうえに、この仕打ちかよ。
草が食いてー。草が食いてー。草を食わせろー」

その後、草食動物特有の温厚さをもったミノタウロスは、生贄に化けて迷宮に侵入してきた英雄テセウスによって殺され、短い生涯を終えたという。

インベーダーふたたび

地球からそう遠くはない宇宙空間を、新しく移住できる惑星を探し、巨大な宇宙船が漂うように航行していた。地球の遅れた科学文明でも、十分に宇宙船の姿を捉えられる距離であったため、軍事目的で宇宙の開発と監視を進めていた某軍事大国が、最初に宇宙船の襲来を予想、報告した。

「一年後には、宇宙船は地球に到達するであろう」

そして、その対策のために、緊急の国際会議が開かれた。まず、争点となったのは、宇宙船を撃退する方法である。どのような生命体が宇宙船に乗っているのかもわからない。世界中の科学者、技術者に、宇宙船・宇宙人の撃退のアイデアを募った。

ある科学者は、強力な武器で宇宙船を迎撃する研究をはじめ、またある科学者は、宇宙人を死に至らしめる化学兵器の研究を進めた。

さらに、宇宙人の攻撃に組織的に対抗するために、各国の連携が議論されたが、どの国が主導的役割を果たすかで、世界各地で争いが起こった。どの国も、地球を守るために、自国がリーダーになるべきだと主張したのだ。

一年後――。宇宙でも珍しい、水分に覆われた、その青い惑星の横を通り過ぎるとき、宇宙船団のリーダーに報告がなされた。

「偵察隊の以前の調査では、この惑星には、知的生命体の活発な反応が観察されていたのですが、今、この星には、生命活動の反応がありません。ただ、不気味なことに、生命反応のない生物が活発に動き回っているようです……」

それに対し、まったく関心がなさそうな様子で、リーダーは言った。

「あの星の知的生命体って、先に派遣した偵察隊を野蛮な方法で殲滅しようとしてきた、あの下等で野蛮な二足歩行の動物だろ？　どこが『知的』なんだ？　我々とは友好関係を結べそうにないから、素通りすることに決めただろ。そんな星のこと、いちいち報告しないでくれ。それにあれだろ？　例の、ワープ航法を使う、狩猟惑星の船団も、あの星に向かってなかったか？　我々と友好な関係を結ぶなら、あの狩猟惑星の奴らの弱点を教えてもよかったが、むしろ、野蛮な者同士、あいつらのほうが気が合うかもしれないな」

「犯人は、お前だ!」

ため息とともに、下坂結人《しもさかゆいと》は本を閉じた。文庫本の表紙に書かれたタイトルを指先でなぞりながら、たった今読み終えた物語を頭の中で振り返る。あのシーンも、あのセリフも、あのときの些細な描写でさえ、結末につながる伏線だったんだなと、読後に一つひとつ記憶をたどっていくこの静かな時間は、何度経験してもたまらない。

高校三年生になった結人は、いまだに推理小説にどっぷりとハマっていた。小学四年生のとき、夏休みの宿題で読書感想文を書かなければならず、何を読めばいいのか悩んでいたとき、推理小説好きの父が、「これはどうだ?」と勧めてくれたのが、ある一冊のジュブナイルミステリー——子ども向けの推理小説だった。

読みたいと思う本もなかったので、勧められるがままにそれを読み、以来、結人は本格や変格、海外や国内など、あらゆる推理小説を読みあさるようになった。

小学六年生のときには、作文で、「将来は推理作家になりたい」という夢を書いたほどだったが、作家になるには人生経験も読書体験も少なすぎる自覚はある。今はとにかく、ミステリーの世界に溺《おぼ》れたかった。

しかし、近ごろは、読めば読むほど、「どこかで読んだような話だ」と感じることも増えてしまった。今までに聞いたこともない斬新《ざんしん》なしかけを施した作品はまだまだあるのかもしれないが、学校や町の図書館に置いてある推理小説は、すべて読んでしまった。

時折、クラスメイトの長谷川龍我《はせがわりゅうが》が、話題になっている新作を片っぱしから買えるだけの金銭的余裕はない。

時折、クラスメイトの長谷川龍我が、「名探偵に事件をもってきた」と言って、変な事件の解決を依頼してくることがある。それはそれで読書では味わえない刺激もあるのだが、連続殺人事件という舞台の中で、大勢の容疑者を見回して、「犯人は、お前だ！」というカタルシスを味わえるわけではない。

結人には、母親がいない。結人が小学一年生のとき、交通事故で亡くなってしまったのだ。そのとき、結人の父親の弟――結人の叔父も一緒に亡くなってしまったので、妻と弟を同時に亡くした父の落ちこみようは、見ているだけでつらかった。

事故後、父が今まで以上に遅い時間まで仕事をするようになったのは、父親の手ひとつで子どもを育てていくためにもお金が必要だったことと、もしかしたら、妻と弟を同時に亡くした悲しみから逃れるためだったのかもしれないと、あのころより大きくなった結人には思えた。

結人が推理小説にハマったのも、それが理由だったのかもしれない。母がいなくなり、父は仕事が忙しく、一人で過ごす時間が圧倒的に増えた。一緒にテレビを観て笑い合える家族のいない寂しさを、本に夢中になることで、ごまかしていたのだろう。

母の死から何年も経って、心の整理はずいぶんついた。今となっては、推理小説を読むことは「逃避」ではなく、結人の大切な「体験」になっている。読書量が増えれば増えるほど、体験は増えていくが、最初のころに味わった「天地がひっくり返るような衝撃」を味わわせてくれる作品には、なかなかめぐり会えなくなってしまった。

そこで、結人はある日の夕食時、父に尋ねてみることにした。

「ねぇ、父さん。僕が知らないような、おもしろい推理小説ない？　父さんが持ってる本も、学校の図書室や市の図書館の本も、ほとんど読んじゃったんだよ。とにかく斬新で、結末に驚くような推理小説を知ってたら教えてほしいんだ」

すると父は、「これはどうだ？」「この作家は読んだか？」と、食事もそっちのけでいろんな推理小説のタイトルを挙げていった。しかし、そのたびに結人は、「それ、知ってる」とか、「もう読んだよ」とかと、ため息まじりに返すことになった。

そんなやり取りが食後になっても続き、父の引き出しも空っぽになってしまった様子だ。父の口からは、小説のタイトルではなく、うなり声だけが聞こえてくる。

——これ以上は聞いてもムダかな。

そう考えた結人は、「もう僕、父さんよりも読んでるかもね」と、話を切り上げようとした。が、その言葉が、父のプライドを傷つけたらしい。「待て、結人！」と、風呂場に向かおうとしていた結人を、父の強い口調が呼び止めた。

「結人が読んでいるのは、有名な作品ばかりだろ？　父さんは、マイナーな作家とか、自費出版に近い本も押さえてたからな。結人の読書量なんて、比べものにならないぞ。ただ、年をとると、いろいろ思い出せなくなるんだよ。あの本、なんだったっけな。すごいトリックの推理小説があったんだ。今の結人くらいの年齢のころに読んだ小説だし、そのあと手放したから、忘れてしまったな」

「ふぅん……。どんなストーリー——っていうのは、聞いたらネタバレになっちゃうから……せめて作家名とか、覚えてない？」

父は腕を組むと、「うぅん……」とうなって、記憶を探るように目を閉じた。

「作家名も出版社名も、覚えてないんだ……。たぶん、その本一冊しか出してないような、無名の作家だった気がする。もしかしたら、自費出版で少部数だけ印刷した本だったのかもしれない。なんか、『江戸川乱歩《えどがわらんぽ》』みたいな、有名作家の名前をもじった作家名だったと思うんだよな。それに、表紙が特徴的だったと思う」

「どんなふうに？」

「たしか……奇妙な絵が表紙になっていたな。包帯ぐるぐる巻きのミイラみたいな……。その絵のタイトルが、本のタイトルになっていたんだったかな……」

父が挙げた条件に当てはまるような作品を読んだ記憶は、結人にはない。結人が素直にそうつぶやくと、父は「そうだろう？」と、なぜか得意げにニヤリと笑った。

「その不思議な表紙にひかれて読んだんだ。そうしたら、期待していた以上の小説だったな。さすがに三十年以上も前に読んだ小説だから、内容はほとんど覚えてないけど、犯人のトリックに衝撃を受けたことは覚えてるよ」

「いや、いい。それ以上は言わないで。読んだときの楽しみが減るから」

目を輝かせて興奮気味に語ろうとする父に、結人は言った。一度、口を閉ざした父が、「でもまぁ……」と、腕を組んでつぶやく。

「手に入れるのは難しいだろうな。なんせ、タイトルも著者もわからない、三十年以上前の本で、マイナーな出版社だったか、自費出版だったような気がするから。ほかにもおもしろいミステリーはたくさんあるだろうから、タイトルもわからない本を探す時間があるなら、そういう小説を読んだほうがいいぞ」

どこか自慢気に聞こえる父の言葉にイラっとはしたが、今のネット社会で見つけられないものなんてないだろう、と結人は思った。

まずは、「ミイラみたいな絵」が何なのかを探し始めた。「包帯ぐるぐる巻きのミイラ」をモチーフにした作品を特定することからすでに難航した。有名な作品ならば、この絵かな、と思うものはピックアップできた。エッシャーの「婚姻の絆」という作品である。しかし、そのタイトルの小説を見つけることはできなかった。表紙の絵がエッシャーの絵である確証も、本のタイトルが「婚姻の絆」である確証もない。よくよく考えてみれば、表紙の絵は、有名な画家の作品ではなく、イラストレーターが新しく描いた可能性だってある。

不特定多数のユーザーに対して質問を投げかけて回答を募るネット上のコミュニティや、推理小説マニアたちが集まるコミュニティに、「三十年以上前に刊行された、包帯巻きのミイラみたいな絵が表紙になった推理小説を探しているのですが、見つかりません。情報をお持ちの方はいませんか？」と、投稿もしてみた。しかし、そこでも、有力な情報を得ることはできなかった。図書館に問い合わせた結果は、言わずもがなである。

そのうち、結人は、「こんなに探しても見つからないなんて、父さんはウソを言ってるんじゃないだろうか？」と疑いはじめた。読書量で息子に負けるのが悔しくて、絶対に見つけられない本を探させているのではないか、と。しかし、ひょんなことで、結人は父が話していたとおぼしき本を発見することとなった。

それは、道路の両側に何十軒もの古書店が、互いの軒先を重ね合うようにして立ち並ぶ古本屋街でだった。推理小説に目覚めた当初から、結人の少ない小遣いでできるだけ多くの本を手に入れるために、何度も通った場所だ。

今日も何気なく入った、とある古書店で、それは、まるで結人に見つけられることを望んでいたかのようにハッキリと、目に飛びこんできた。

「エッシャーの『婚姻の絆』が使われてる。もしかして……！」

その本の表紙には、たしかに父が言っていたとおり、エッシャーの作品が使われていた。『絆の証明』というタイトルである。絵のタイトルと小説のタイトルも似ている。そして、タイトルの下に小さく「栗捨亜雅沙」と記されている。おそらく、「くりすて・あがさ」と読む、アガサ・クリスティのもじりだろう。その作家名にも出版社名にも、結人はまるで心当たりがない。無名の作家が、小さな出版社から少部数だけ刊行した本だったのかもしれない。すべての条件が父の話と符合している。

「五十円」という手書きの値札が貼りつけられたその本を、結人は購入した。むき出しの本を抱えて帰る道すがら、結人の胸は期待と興奮で高鳴っていた。物語を読めるという期待感と、父が「手に入れるのは難しいだろう」と言った本を手に入れた優越感からである。もちろん、この本が父が言っていた本と確定したわけではないが……。

　家に帰った結人は夕食とシャワーを大急ぎですませると、自室にこもり、どきどきしながら『絆の証明』の表紙を開いた。もちろん、読破するまでは父に報告するつもりはなかった。そして、『絆の証明』を読み始めた結人は、父がウソを言っていなかったことを知った。

　その物語は、ある一家を取り巻くミステリーだった。書かれたのは三十年以上前なのに古くさい感じがまるでなく、むしろ、登場人物たちの心理描写や情景描写は恐ろしく感じるほどにリアルで、結人の胸に、ぞわりぞわりと迫った。それはまるで、姿の見えない犯人が背後から音もなく迫ってきているかのような緊迫感と臨場感だった。

　早く先を知りたい。左手の指は「次のページをめくらせてくれ！」と言わんばかりに、うずうずしている。でも、結末を知りたくない、という気持ちもある。興奮と緊張で手に汗がにじみ、めくろうとするページがしめっているのがわかる。静かな室内で、心臓がドラムロールを打ち鳴らす。そして、事件の真相に迫るヒントを一字一句逃すまいと、結人は感情をなんとかコントロールしながらページをめくった。

が低く響いて、刻一刻と夜が深まっていくことを皆に知らせている。

「まったく、いつまで私たちを閉じこめておく気かしら」

柱時計の低い響きに合わせて、長い爪でテーブルを叩きながら、麗子は忌々しく吐き捨てた。それを「まあまあ」とたしなめるのは、今夜も陽一の役目だ。

「有馬警部が仰ってたじゃないですか。真犯人につながる証拠が見つかるかもしれない、と。きっと、もう少しの辛抱ですよ」

「そう言って、もう二時間経ったがな」と、すかさず敏郎が懐中時計を開いて呟いた。

今度もとりなそうとして一歩踏み出した陽一の前に、蓮太郎がするりと腕を伸ばして、それを制止する。

「そう仰らず、若菜と陽次郎のためだと思って、もう少しだけ辛抱してください、敏郎伯父さん。それとも、何か警察に調べられては困るようなことがおありですか？　たとえば、弟の陽次郎も関係していたという例の投資がらみのこととか」

「お前、何を言うんだ！」「蓮太郎さん！」と、崇と郁恵の夫婦が敏郎以上に気色ばんだ声を上げたが、蓮太郎は意に介さず、敏郎を睨んでいた。

その姿は、陽一の目に、けっして獲物を逃がすまいとする飢えた虎のように映った。

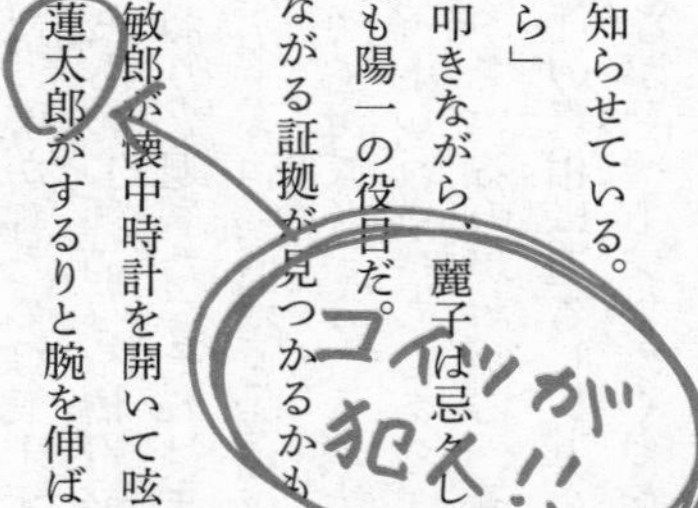

「――えっ⁉」

ページをめくった瞬間にその書きこみが目に入り、結人は大声を上げていた。そのまま、本を持つ手が、わなわなと震え始める。

「コイツが犯人‼」と、赤いペンでデカデカとページに書き殴られた文字は、ご丁寧にグルグルと何重にも囲まれていて、気づかずに読み進めることは不可能だった。

「ふざけんなよ！　なんだよ、コレ⁉」

顔も知らない「ラクガキ犯」を怒りのままにののしって、結人は天井を仰いだ。

推理小説の犯人を、小説を読んでいる途中で理不尽に「ネタバレ」される以上に興ざめすることはない。もちろん、買った本に何をしようが個人の自由だが、ネタバレを仕込んだ本を古本屋に売るなんて、もってのほかだし、古本屋も事前に確認しておいてほしい。これは、「安い古本だから仕方がない」という問題では、けっしてない。こんなラクガキがあるくらいなら、むしろ、ページが破り取られていたほうが、まだマシである。

しかし、十数分かけて呆然自失の状態から戻った結人は、一縷《いちる》の望みをかけて、『絆の証明』の世界に戻ることを決意した。

――このラクガキが、前の持ち主が読みながら推理をする過程で書きこんだものだとしたら、マーキングされた「コイツ」が犯人じゃない可能性は残っているはずだ。そもそも、現段階の俺の推理では、犯人は「コイツ」ではない。つまり、このラクガキは、物語の中に突然現れたポンコツ探偵の迷推理だと思えばいいのだ。

「……よし」

自分に言い聞かせて、結人は小説の続きを読み始めた。

――きっと、ラクガキ犯は推理を間違えている。こんなバカな落書きをするような人間だ。物語の行間とか、心の機微とか、巧妙に隠された事件解決のヒントとか、読み取ることのできないガサツなヤツに違いない。そんなヤツに推理対決で負けるはずがない！

そして、深夜二時過ぎに物語を読み終わってみれば、犯人は――忌々《いまいま》しい赤マルと文字が指し示していた「コイツ」であった。結人が推理していた容疑者は、ミスリードに引っかかってしまった人間がたどり着く結論だったのだ。様々な感情が心の中に渦巻く。声にならない感情を全身から爆発させて、結人はベッドに倒れこみ、両手で髪をグシャグシャにかき乱した。

思うところはいろいろある。結局「ネタバレ」だったラクガキには心底腹が立つし、こんな無神経なことをするヤツに推理で負けたことも、噛みしめた奥歯が砕けそうなくらい悔しくて情けなくてたまらない。「犯人を知ったあとで書きこんだだけかも」と思ってみたが、そんなことでは気持ちはおさまらなかった。失ったのは時間だけではない。こんなおもしろい小説を初読する機会を、永遠に奪われてしまったのだ。

そして、それだけでは説明できない、もっと黒く、吐き気のするモヤモヤとした感情も、結人の心に広がっていった。

いっそ誰かに頭を殴られて、この読書体験のことをすべて忘れてしまいたい。これが父が言っていた本であってほしくない。そう思った。いや、そう願った。

朝になって、目覚まし時計のアラーム音に結人は叩き起こされた。遅くまで小説を読んでいたので寝不足なうえに、モヤモヤとした感情に整理がついていない。最悪の目覚めだ。

そんな寝起き状態の結人に気づいて、朝刊から顔を上げた父は、ぎょっと目をむいた。

「どうしたんだ、結人。ひどい顔だな。寝不足か？」

ダイニングテーブルに用意された朝食を食べながら、結人は答えた。

「じつは……この前、父さんが言ってた本らしい本を手に入れたんだ」

結人の言葉を聞いた父は、「本当か？　タイトルも作者名もわからないのに、見つけたのか!?」と声を上げた。

「うん。『栗捨亜雅沙』っていう作家じゃない？　アガサ・クリスティのもじり。それから、本のタイトルは、『絆の証明』」

「うーん、そんなだったかな？　作者もタイトルも違う気がするけど……。父さんが話した本かどうか確かめたいから、先に貸してくれないか？」

「授業中に読もうと思って学校に置いてあるから、今度持って帰る」

昨夜、小説を読んでしまったこと、そして小説を読んで感じたことを父に話すか、結人は迷った。迷った結果、小さなウソをついた。すると、ふっと微笑みをこぼした父が、話をそらすように言う。

「まずは父さんに読ませてくれ。それが教えてくれた人に対するマナーだぞ、それにしても、やっぱり結人は、父さんの子どもだな。父さんも昔は、学校の授業も聞かず推理小説に夢中になったから。誰が犯人なのか、どんなトリックを使ったのか、探偵になったつもりで推理しながら読んだものだ」

「まぁ、それが推理小説の醍醐味《だいごみ》だよね」

同意した結人に、父は、どこかいたずらっぽい笑みを向ける。そして、ネクタイを上から下へなでつけながら、こんなことを言ったのだ。

「もちろん、推理が毎回的中するとは限らなかったけどな。それでもあきらめずに、新作を読むたびに推理して、『コイツが犯人!!』って、本に書きこんだりしたものだよ。的中したときは、嬉しかったなぁ。夢中になりすぎて本棚から本があふれてしまったから、かなりの数を古本屋に売ったんだが……いやぁ、なつかしい。久しぶりに、何か読んでみようかな」

唐突に、そして楽しげに父の口から語られたエピソードに、結人は愕然とした。

夜中に読んだ『絆の証明』の一ページに書き殴られた、手書きの文字を思い出す。赤ペンでグルグルと囲まれた大迷惑な落書きは、堂々と、「コイツが犯人!!」と最悪のネタバレを披露してくれた。犯人は相当ガサツで無神経なヤツに違いないとは思っていたが……。

――父さんが、犯人だったのか!!

ぶるっと、結人は身震いした。気づいた父親が、「どうした？」と結人の顔をのぞきこむ。それに答えることなく、結人はトイレに入ると、今食べた朝食をすべて吐き出してしまった。

吐ききってトイレを出た結人は、「大丈夫か？」という父の声を無視して自室に駆けこみ、バンッとドアを閉めた。そのまま鍵をかけ、ふらふらとベッドに座りこんで頭を抱える。

「そんな……まさか、父さんが……？」

つぶやく声は震えていた。怒りや失望で、ではなく——恐怖と、猜疑心《さいぎしん》のために。

もしかしたら、今回手に入れた本は、父が話していたものとは、まったく別の本かもしれないという推測もしていた。それは「推測」ではなく、「願望」でもあった。

しかし、これで、父が話していた本が『絆の証明』であり、父がその本を読んだことが、ほぼ確定してしまった。

『絆の証明』は、父と、その息子である少年が二人きりで「男旅」に出るシーンから物語が始まる。父子は語らいながら旅を続け、ある海辺近くに宿をとる。息子は父と二人で美しい星空を眺めてから、満たされた気持ちで眠りについた。しかし夜中に持病の発作にみまわれて、近くの病院に運びこまれる。

目が覚めた直後、息子が見たのは涙にぬれた父親の顔だった。そして父親は言うのだ。「おまえの発作を知って、車でこっちに駆けつけようとしたお母さんが、途中で事故に遭った。功次朗《こうじろう》叔父さんも一緒だったんだが、二人とも助からなかった」と。

——それは、結人の母親が亡くなったときの状況と酷似していた。

父は、「子どものころのことなど、結人はもう覚えていないだろう」と思っているかもしれないが、当時のことを、結人は克明に覚えている。

小学一年生の夏休み、結人は父と二人で、一泊二日の小旅行に出かけた。「結人も小学生になったんだから、父さんと男同士の旅をしよう」という父の言葉で、なんだか大人になったような気がして嬉しくて、「母さん、留守番お願いね！」と母に笑顔で言い置いて出かけた。

その旅行先で、結人は原因不明の腹痛にみまわれた。お腹を押さえて「痛い、痛い！」と泣いたことを、今でも覚えている。父が夜中に近くの病院へ結人を担ぎこみ、電話で母に状況を伝えた。母は動揺して「すぐに行く」と言ったそうだが、夜中だったので公共の交通機関は止まっていた。それに、母は車の運転免許を持っていなかった。タクシーを呼ぶことはできるだろうが、かなりの距離があるので大金がかかってしまう。そこで父は、自分の弟――結人の叔父にも連絡して運転を頼み、「妻と二人で、こちらの病院まで来てくれ」と頼んだ。

母が帰らぬ人となったのは、その道中だった。運転していた叔父がハンドル操作を誤ったのか、二人は車ごと、海沿いの崖から転落してしまったのだ。

『絆の証明』で描かれていたのは、それとほとんど同じ展開だった。結人に持病の発作はないし、細かい設定に違いはあるが、旅先で急病にみまわれた子どものもとに、母親と叔父が二人で駆けつけようとして事故死してしまう序盤のストーリー展開は、結人の実体験をトレースしたように同じだった。

いや、正しい順番で言うのならば、「結人の実体験が、小説をトレースしたように同じ」というべきだろう。

しかし、結人を激しく動揺させたのは、その序盤の展開以上に、物語の結末だった。怪しい容疑者はたくさん登場したが、真犯人は、少年の父親――自分の弟と妻が浮気していると疑った父親が、あらかじめ、事故を起こすように細工しておいた車で旅先まで駆けつけるように誘導して、妻と弟を死に追いやったというのが事件の真相だったのだ。しかも、妻と弟が駆けつける理由となった息子の旅先での発作も、父親が薬品を用いて意図的に引き起こしたもの。アリバイ工作や、犯人のふるまいも、あまりにも結人の父の行動と酷似していた。

そして、もっとも肝心なこと――父が、この小説を読んでいたことが確定してしまった。

妻と弟をいっぺんに亡くして、ひどく落ちこんでいた父の姿を、結人は今でも思い出せる。あの傷心がウソだとは思えなかったし、思いたくなかった。でも、旅先で急な腹痛に襲われた原因に心当たりがないのも事実だった。

「あの腹痛の原因は……。母さんと叔父さんが死んだ、あの事故の、犯人は……」

そのとき、コンコンっと、結人の部屋のドアがノックされた。ビクッと震え上がった結人の耳に、子どものころから毎日のように聞いて育った声が——疑うことなんて考えたこともなかった声が、聞こえてくる。

「結人ー、どうしたんだい？　様子が変だぞ？　何か悩んでいることがあるなら、父さんに話してみなさい。大丈夫だから、出ておいで。二人っきりの父子じゃないか」

結人は、本格推理のような、最後に探偵が「犯人は、お前だ！」というシチュエーションに強く魅かれていた。今までは……。

いまや、結人の心臓は、どんな推理小説を読んだときよりも激しく、ドクドクドクドク……と打ち震えていた。指先は冷えて、背中を嫌な汗が伝う。どんな推理小説を読んだときだって、ここまでの不安や緊張は感じない。

なぜ物語の探偵は、犯人に対して、自分の生命が危険にさらされることも想像せず、「犯人は、お前だ!」などと勝ち誇ったように言えるのだろう。相手は、人を殺すことができる異常性をもった人間だというのに……。

なぜ探偵は、犯人を名指しするだけではなく、上から目線で人生を説くようなことを言ってしまうのだろう。信念をもって殺人を犯す人間に、そんなきれいごとが響くわけないのに……。

「結人ー。出ておいでー」

なぜ物語の犯人は、「犯人だ」と名指しされたとたん、すべてをあきらめて自白しだしてしまうのだろう。まだ逃れる術《すべ》はあるかもしれないのに……。

部屋の外の静かな声は、まだ、息子がドアを開けることを、あきらめていない。

夢オチ

「ねぇ、父さん。面白い小説の条件って何？」

一緒に夕食を食べているとき、小学校に通う息子が、そんなことを聞いてきた。

数年前に妻を亡くしてから、息子には寂しい思いをさせている。自分が仕事を終えて、夜帰ってくるまで、息子には話し相手もいないからだ。

そこで、自分自身が推理小説好きだったこともあって、息子に推理小説をすすめたところ、息子は見事に推理小説にはまった。

息子との会話は大切にしたい。私は、真剣に考え、そして答えた。

「うーん、難しいな。型にはまっていないことが、面白い小説の条件だと思うから、『これこれこういう条件の小説が面白い』っていうのは、その型にはめることになってしまう気がするんだよ。

逆に、風呂敷《ふろしき》を広げるだけ広げておいて、最後、それを回収せずに、『夢でした』

っていうような『夢オチ』みたいな結末は、『面白くない小説の条件』って言えるかもしれないけどな。まぁ、いろいろな引き出しを持っている作品とか作家は、やっぱり魅力的だと思うよ」

すると、息子は、少し残念そうな表情をして言った。

「そうだよね。どんなに途中の展開が面白くても、結末で伏線を回収できなかったらダメだよね」

そんな会話をしてから数週間後、なにげなく入った息子の部屋の学習机の上に、原稿用紙の束を見つけた。どうやら小説のようだ。

推理小説を読むだけでは飽き足らず、自分で小説を書き始めたのかもしれない。いつだったか、「面白い小説の条件」を聞かれたことがあったが、それは、自分が書く小説の参考にするためだったのかもしれない。

勝手に原稿を読むのは息子に悪いが、好奇心に負けて、私は原稿用紙に目を通しはじめた。息子が書いた小説は、とんでもない面白さだった。

怪しげな人物たちが登場し、事件は起こる。だんだんと容疑者は絞られていき……。原稿用紙をめくる手が止まらなくなった。

まだ小学生だから、登場人物の設定などには苦笑せざるをえない部分もあるが、いろいろなギミックがしかけられており、飽きさせない。この息子の作品に対する私の好意的な感想は、親のひいき目などではないはずだ。

そして、物語は、いよいよ解決編にさしかかる。私は、すっかり息子の作品のファンになっていた。そして、呼吸を整えてから、ふたたび原稿用紙をめくった。

物語は、唐突に終わっていた。原稿用紙の枚数からして、この物語が完結するとは考えていなかったが——そもそも、これは「物語」として書かれたものだったのだろうか。

最後の原稿用紙には、こんな文章が綴られていたのだ。

「僕の将来の夢は、小説家になることです。今、推理小説を書いています。それが、前のページに書いている物語です。ただ、途中までは、自分でも『面白い』と思える内容が書けたのですが、どうやって伏線を回収して、どんな終わり方にすればよいか思いついていません。人生経験を積んで、もっと想像力を身につけて、引き出しも増やして、この小説を完成させたいと思います。それが今の僕の、いちばんの夢です」

私が、「小説」だと思って読んだ原稿は、どうやら、「将来の夢」という、宿題の作文だったようだ。

「夢オチはダメだって教えたのに、これも、ある意味、『夢オチ』だよな〜」

しかし、私は嬉しかった。そして、小さな声でつぶやき決意した。

「息子の結人が、『犯人は、お前だ！』とタイトルをつけたこの作品を完成させ、夢を叶えられるよう、父親として、最大限の協力をしよう。結人にいろいろな体験をさせてあげるのが、父親としての自分の役割だ」

そして、苦笑いしながら付け加えた。

「まぁ、父親を人殺しにするな、とは言っておかなきゃいけないかもしれないな……」

死の影

とある収容施設の一室の前で、二人の警備員が立ち止まって話をしていた。長身の男が、部屋のドアをアゴで指し示しながら、小太りの男に聞く。

「この部屋の男、いったいどういう人間なんだ？　元々はけっこう有名な科学者って聞いたけど？」

小太りの男は、周囲を見回してから、小さな声で話し始めた。

「なんでも、とんでもない研究をしてたらしいぞ。これはあくまで噂レベルの話なんだけど、人間をゾンビ化するウイルスを開発しようとしてたんだと。一年後に宇宙人が襲来するから、それにそなえて、人類を不死身化しないといけない、ってのが理由らしいんだけどな。その結果、ここに収容されたってわけさ」

神妙な口調だった小太りの男とは対照的に、長身の男は攻撃的な口調だ。

「いい迷惑な研究だな。ゾンビになってまで生きたいなんて、誰も思わないっての。

『ゾンビになってまで生きる』って、何か変な表現だけどさ。そもそも、その宇宙人の襲来って何？　ゾンビとか、宇宙人とか、妄想を詰め込み過ぎだよ」

「半年前、強盗に生き埋めにされて、九死に一生を得たそうだよ。それは、どうやら本当のことらしいんだけど、それで死にかけて、どうにかなっちゃったんだろうな。ま、あくまで噂レベルの話だがな」


ウイルスの開発が間もなく完成する、というところで、私は、政府が極秘に管理する施設に強制収容されることになってしまった。

「人類には、もう時間が残されていないんだぞ！」

そう言い続けたが、聞く耳はもってもらえない。この施設に私を収容することを決めた人々は、私が何のために研究を行っているのか、知っているはずなのに……。

私が「ゾンビ」に関する研究を始めたのは、政府から、「来たるべき異星人襲来にそなえて、対抗策を検討してほしい」と正式に依頼されたからだ。一年前、某国の高性能天体望遠鏡が、地球に近づく宇宙船団の姿をとらえた。宇宙船団が地球に到着するのは、そのときで『二年後』と予測されていた。

世界各国の優秀な科学者が集められ、来たるべき日のための研究開発が行われることになったのは、それからすぐのことだ。

もちろん、悲観的な予測ばかりではなく、異星人たちと友好的関係を結ぶ方法なども研究された。しかし、多くの科学者が携わったのが、異星人たちをどのように撃退するか、という攻撃方法の研究である。

ある科学者は、核兵器の数万倍のエネルギーをもつ兵器の開発を託された。どんなに強力な兵器を作っても、この地球上では使うことができないが、今回の場合は、その制約がない。違うワーキングチームの科学者であったが、嬉々としている彼を見て、私は少しだけうらやましくなった。

そんな私に任されたのが、異星人を壊滅させるウイルスの研究である。私は、ウイルス学の第一人者であるから、それはもっともな人選なのだろうが、専門家である私だからこそ、古典的なSFの結末をヒントにしたであろうその戦略は、まったく無意味なものに思えた。

なぜなら、相手の異星人について何の情報もない中で、その異星人に効果のあるウイルスは開発できないから、という単純な理屈である。下手をすると、異星人に、クシャミひとつさせられない代物ができあがってしまうことになるだろう。

だから私は、独断で大きな方向転換をすることにした。効果があるかわからない異星人向けのウイルスを開発するのではなく、効果が明確にわかる地球人向けのウイルスを作ろうと考えたのだ。どんな異星人であっても、また彼らがどんな攻撃をしてこようとも、人類が、それに耐えうるような強靭な肉体になればよいのである。

私が研究の参考に選んだのは、「ゾンビ」と「ヴァンパイア」であった。両者には、「不死身」という共通点がある。フィールドワークによって、何かヒントがつかめるのではと考え、世界各地での調査も頻繁に行った。……強盗に襲われ、棺桶に閉じ込められたまま生き埋めにされ、あやうく死にかける、という経験をするまでは。

あの日を境に、私の人生観は変わった。自分が死んでしまったら、すべてが水泡に帰してしまう。研究を完成させるためには、自分も不死身の体にならなくてはいけない。私は、自分の体を実験台にして、さまざまなウイルスを接種し続けた。

その頃から、私は、窓の外に不気味な黒い影を見るようになった。それは収容施設に入れられた後も続いた。この部屋は建物の二階にあるため、ふつうの人間が窓の外からのぞくことはできないはずなのに……。

最初、ウイルスの副作用的なもので、脳が見せる幻影なのかと考えた。しかし、それは決して幻影などではないことを、本能が訴えている。

そして、その黒い影を窓の外に見かける回数は、だんだんと増えていった。私を監視しているのは間違いない。勇気を出して窓に近づいたとき、そこに翼を広げた大きなコウモリの姿が見えた。私は逃げ場がないこの部屋の中で、震えるしかなかった。

そして、ある日、とうとう恐れていたことが起きた。あの黒い影が、煙となって狭い換気口を通って、部屋の中に侵入してきたのだ。

ドアの前に立ち塞がった黒い影に対し、私は部屋の中にあるモノを投げつけて抵抗した。しかし、それらはすべて黒い影の体をすり抜けていく。恐怖で動かなくなった体に怒号をあびせて勇気をふるいたたせ、私は椅子を投げつけて窓を叩き割った。そして、割れた窓で傷だらけになりながらも、二階から外へ飛び降りた。

体中から出血したことが撒き餌になってしまったのか、いっそう大きな姿となった黒い影が私に覆い被さってくる。私は、恐怖に絶叫した。生き埋めにされたときにも出てこなかったような声は、闇の中に吸い込まれていくばかりだった。


科学者の死体は、翌日、施設のそばで発見された。

彼の全身からは大量の血液が奪われていたが、直接の死因は、失血死ではなく、何らかのショックによる心停止だろうと推測された。

運ばれていく科学者の遺体を見ながら、二人の警備員が小さな声で話していた。

「不気味な事件だな。全身から血が奪われるって、吸血鬼みたいだ」

そうつぶやいた小太りの警備員に、長身の警備員が嘲笑するような口調で言った。

「警備の仕事とはいえ、俺たちは、この研究施設に勤務してるんだぞ。『吸血鬼』なんて、いるわけないだろ？」

「じゃあ、なんで血がなくなってるんだよ。あの科学者が言ってた通り、宇宙人がやってきて、キャトルミューティレーションされたなんて、言わないでくれよ！」

興奮口調の小太りの男に対して、諭すように長身の男が言った。

「たぶん蚊だよ。正確に言うと、何十万匹もの蚊が集まった蚊柱みたいなのが、この科学者の血を吸ったんじゃないか。この前、誰かが、『とんでもない数の蚊が群れをなしているのを見た』って言ってたし。もちろん、それが死因かどうかはわからん。さっきの鑑識医も、『ショック死だろう』って言ってたしな」

そのとき、小太りの男が、突然自分の腕を叩き、長身の男に手の平を見せた。手の平には、潰された小さな蚊と、その蚊が吸ったであろう赤い血がついていた。

「こんな虫けらが、人を殺せるかね？」

長身の男も、自分の首筋をピタンと叩く。彼も、蚊に刺されたらしい。少しイライラしながら言った。

「虫けらだからって侮《あなど》れないぞ。人類の歴史の中で、もっとも人類の命を奪ってきた生き物って、『蚊』だって聞いたことがある。こいつが伝染病患者の血を吸って、病原菌をまき散らすんだとさ。吸血鬼伝説の正体は、案外、こいつかもしれないな」

二人は、そんなことを言って笑い合いながら、仕事へと戻っていった。


二人の男は、このとき知らなかった。

科学者が自らの体を実験台にして開発していた「ゾンビウイルス」が、あとほんの少しの変異で完成する状態であったことを。

二人の男は、このとき考えなかった。

科学者の血を吸った蚊が近くにいたことを。そして、死を携えた「小さな吸血鬼」が町に向かって飛び立ち、その後、次々とゾンビを生み出していくことを。

二人の男は、このとき想像もしていなかった。

自分たちが、最初のゾンビとなって人々を襲い始めること、そして、自分たちがゾンビとなってから半年後には、ゾンビが世界中にあふれ、人類を絶滅の危機に追い込むことを。

＊本書に収録した作品の中には、「インドの昔話」「欧米の小咄」などを参考にさせていただいたものもあります。
＊収録作品のうち、「オノマトペ妻」は森久人氏の執筆によるもの、「死の影」は蔵間サキ氏・井口貴史氏の執筆による作品をリメイクし、新規に書き下ろしたものです。
＊収録作品のうち、「ゾンビ伝説」「嫌いなもの」は、「5分後の隣のシリーズ」に収録した作品を、セルフリメイクしたものです。
＊右記以外の作品は、桃戸ハルのセルフリメイクによる新規の書き下ろし作品です。

◎執筆協力／森久人、伊月咲

|編著者| 桃戸ハル　東京都出身。あくせくと、執筆や編集にいそしむ毎日。ぢっと手を見る。生命線だけが長くてビックリ。『５秒後に意外な結末』『５分後に恋の結末』などを含む、「５分後に意外な結末」シリーズの編著や、『ざんねんな偉人伝　それでも愛すべき人々』『ざんねんな歴史人物　それでも名を残す人々』『パパラギ［児童書版］』の編集など。三度の飯より二度寝が好き。貧乏金なし。お仕事があれば是非！

５分後《ふんご》に意外《いがい》な結末《けつまつ》　ベスト・セレクション
心弾《こころはじ》ける橙《だいだい》の巻《まき》
桃戸《ももと》ハル 編・著

講談社文庫
定価はカバーに
表示してあります

2022年７月15日第１刷発行

発行者──鈴木章一
発行所──株式会社　講談社
東京都文京区音羽2-12-21　〒112-8001
電話　出版（03）5395-3510
販売（03）5395-5817
業務（03）5395-3615
Printed in Japan

KODANSHA

デザイン──菊地信義
本文データ制作──講談社デジタル製作
印刷──凸版印刷株式会社
製本──株式会社国宝社

ISBN978-4-06-528295-3

講談社文庫刊行の辞

二十一世紀の到来を目睫に望みながら、われわれはいま、人類史上かつて例を見ない巨大な転換期をむかえようとしている。

世界も、日本も、激動の予兆に対する期待とおののきを内に蔵して、未知の時代に歩み入ろうとしている。このときにあたり、創業の人野間清治の「ナショナル・エデュケイター」への志を現代に甦らせようと意図して、われわれはここに古今の文芸作品はいうまでもなく、ひろく人文・社会・自然の諸科学から東西の名著を網羅する、新しい綜合文庫の発刊を決意した。

激動の転換期はまた断絶の時代である。われわれは戦後二十五年間の出版文化のありかたへの深い反省をこめて、この断絶の時代にあえて人間的な持続を求めようとする。いたずらに浮薄な商業主義のあだ花を追い求めることなく、長期にわたって良書に生命をあたえようとつとめるところにしか、今後の出版文化の真の繁栄はあり得ないと信じるからである。

同時にわれわれはこの綜合文庫の刊行を通じて、人文・社会・自然の諸科学が、結局人間の学にほかならないことを立証しようと願っている。かつて知識とは、「汝自身を知る」ことにつきていた。現代社会の瑣末な情報の氾濫のなかから、力強い知識の源泉を掘り起し、技術文明のただなかに、生きた人間の姿を復活させること。それこそわれわれの切なる希求である。

われわれは権威に盲従せず、俗流に媚びることなく、渾然一体となって日本の「草の根」をかたちづくる若く新しい世代の人々に、心をこめてこの新しい綜合文庫をおくり届けたい。それは知識の泉であるとともに感受性のふるさとであり、もっとも有機的に組織され、社会に開かれた万人のための大学をめざしている。大方の支援と協力を衷心より切望してやまない。

一九七一年七月

野間省一

講談社文庫 最新刊

水木しげる
総員玉砕せよ！
〈新装完全版〉
太平洋戦争従軍の著者が実体験を元に描いた戦記漫画。没後発見の構想ノートの一部を収録。

藤井邦夫
野暮天
〈大江戸閻魔帳(七)〉
腕は立っても色恋は苦手な麟太郎が、男女の事件に首を突っ込んだが!?〈文庫書下ろし〉

伊兼源太郎
金庫番の娘
商社を辞めて政治の世界に飛び込んだ花織《かおり》が永田町で大奮闘！ 傑作「政治×お仕事」エンタメ！

ごとうしのぶ
いばらの冠
〈ブラス・セッション・ラヴァーズ〉
シリーズ累計500万部突破！《タクミくんシリーズ》につながる祠堂《しどう》吹奏楽LOVE。

矢野 隆
川中島の戦い
〈戦《いくさ》百景〉
武田信玄と上杉謙信の有名な戦いの流れがリアルタイムでわかり、真の勝者が明かされる！

福澤徹三《とし》
糸《し》柳《やな》寿昭《あき》
忌《い》み地 惨
〈怪談社奇聞録〉
実話ほど恐ろしいものはない。誰しもの日常とともにある実録怪談集。〈文庫書下ろし〉

手塚マキと歌舞伎町ホスト80人 from Smappa! Group
俵万智・野口あや子・小佐野彈・編
ホスト万葉集
〈文庫スペシャル〉
いま届けたい。俺たちの五・七・五・七・七！「歌舞伎町の光源氏」が紡ぐ感動の短歌集。

乗代雄介《のりしろゆうすけ》
本物の読書家
大叔父には川端康成からの手紙を持っているという噂があった――。乗代雄介の挑戦作。

マイクル・コナリー
古沢嘉通 訳
潔白の法則(上)(下)
〈リンカーン弁護士〉
ネットフリックス・シリーズ「リンカーン弁護士」原案。ミッキー・ハラーに殺人容疑が。

講談社タイガ

井坂暁《いさかあきら》
世界の愛し方を教えて
媚《こ》びて愛されなきゃ生きていけないこの世界が、大嫌いだ。世界を好きになるボーイミーツガール。

講談社文芸文庫

伊藤比呂美
とげ抜き　新巣鴨地蔵縁起
解説=栩木伸明　年譜=著者
いＡＣ1
978-4-06-528294-6

この苦が、あの苦が、すべて抜けていきますように。詩であり語り物であり、すべての苦労する女たちへの道しるべでもある。【萩原朔太郎賞・紫式部賞W受賞作】

藤澤清造　西村賢太 編
根津権現前より　藤澤清造随筆集
解説=六角精児　年譜=西村賢太
ふＮ2
978-4-06-528090-4

「歿後弟子」は、師の人生をなぞるかのようなその死の直前まで諸雑誌にあたり、編集・配列に意を用いていた。時空を超えた「魂の感応」の産物こそが本書である。

藤　水名子　紅嵐記(上)(中)(下)
藤原伊織　テロリストのパラソル
藤本ひとみ　新・三銃士　少年編・青年編〈ダルタニャンとミラディ〉
藤本ひとみ　皇妃エリザベート
福井晴敏　亡国のイージス(上)(下)
福井晴敏　終戦のローレライ I〜IV
藤原緋沙子　遠花火〈見届け人秋月伊織事件帖〉
藤原緋沙子　春《はる》疾《はや》風《て》〈見届け人秋月伊織事件帖〉
藤原緋沙子　暖《ぬくめ》鳥《どり》〈見届け人秋月伊織事件帖〉
藤原緋沙子　霧の路《みち》〈見届け人秋月伊織事件帖〉
藤原緋沙子　鳴《なる》子《こ》守《もり》〈見届け人秋月伊織事件帖〉
藤原緋沙子　夏ほたる〈見届け人秋月伊織事件帖〉
藤原緋沙子　笛吹川〈見届け人秋月伊織事件帖〉
藤原緋沙子　青《せい》嵐《らん》〈見届け人秋月伊織事件帖〉
椹野道流　亡羊の嘆〈鬼籍通覧〉
椹野道流　新装版 暁天の星〈鬼籍通覧〉
椹野道流　新装版 無《む》明《みょう》の闇〈鬼籍通覧〉
椹野道流　新装版 壺《こ》中《ちゅう》の天〈鬼籍通覧〉
椹野道流　新装版 隻《せき》手《しゅ》の声〈鬼籍通覧〉

椹野道流　新装版 禅《ぜん》定《じょう》の弓〈鬼籍通覧〉
椹野道流　池《ち》魚《ぎょ》の殃《わざわい》〈鬼籍通覧〉
椹野道流　南《なん》柯《か》の夢〈鬼籍通覧〉
深水黎一郎　ミステリー・アリーナ
藤谷　治　花や今宵の
古市憲寿　働き方は「自分」で決める
船瀬俊介　かんたん「1日1食」!!〈万病が治る！ 20歳若返る！〉
古野まほろ　身元不明《ジェーン・ドウ》〈特殊殺人対策官 箱崎ひかり〉
古野まほろ　陰陽少女
古野まほろ　陰陽少女〈妖刀《ようとう》村正《むらまさ》殺人事件〉
古野まほろ　禁じられたジュリエット
藤崎　翔　時間を止めてみたんだが
藤井邦夫　大江戸閻《えん》魔《ま》帳《ちょう》
藤井邦夫　三つの顔〈大江戸閻魔帳(二)〉
藤井邦夫　渡世人〈大江戸閻魔帳(三)〉
藤井邦夫　笑う女〈大江戸閻魔帳(四)〉
藤井邦夫　罰《ばち》当《あた》り〈大江戸閻魔帳(五)〉
藤井邦夫　福の神〈大江戸閻魔帳(六)〉
福澤徹三・糸柳《やな》寿《とし》昭《あき》　忌《い》み地〈怪談社奇聞録〉

福澤徹三・糸柳寿昭　忌《い》み地 弐〈怪談社奇聞録〉
藤井太洋　ハロー・ワールド
藤野嘉子　生き方がラクになる 60歳からは「小さくする」暮らし
福澤徹三　作家ごはん
辺見　庸　抵抗論
星　新一　エヌ氏の遊園地
星　新一 編　ショートショートの広場 ①〜⑨
本田靖春　不当逮捕
保阪正康　昭和史 七つの謎
堀江敏幸　熊の敷石
本格ミステリ作家クラブ編　ベスト本格ミステリ TOP5〈短編傑作選002〉
本格ミステリ作家クラブ編　ベスト本格ミステリ TOP5〈短編傑作選003〉
本格ミステリ作家クラブ編　ベスト本格ミステリ TOP5〈短編傑作選004〉
本格ミステリ作家クラブ選・編　本格王2019
本格ミステリ作家クラブ選・編　本格王2020
本格ミステリ作家クラブ選・編　本格王2021
本格ミステリ作家クラブ選・編　本格王2022
本多孝好　君の隣に
本多孝好　チェーン・ポイズン〈新装版〉

講談社文庫　目録

講談社文庫　目録

講談社文庫　目録

水木しげる　ほんまにオレはアホやろか
宮部みゆき　新装版 震える岩〈霊験お初捕物控〉
宮部みゆき　新装版 天狗風〈霊験お初捕物控〉
宮部みゆき　ICO《イコ》—霧の城—(上)(下)
宮部みゆき　ぼんくら(上)(下)
宮部みゆき　新装版 日暮らし(上)(下)
宮部みゆき　おまえさん(上)(下)
宮部みゆき　小暮写眞館(上)(下)
宮部みゆき　ステップファザー・ステップ〈新装版〉
宮子あずさ　看護婦が見つめた人間が死ぬということ
宮本昌孝　家康、死す(上)(下)
三津田信三　忌《い》館《かん》〈ホラー作家の棲む家〉
三津田信三　作者不詳〈ミステリ作家の読む本〉(上)(下)
三津田信三　蛇《じゃ》棺《かん》葬《そう》
三津田信三　百《ひゃく》蛇《じゃ》堂《どう》〈怪談作家の語る話〉
三津田信三　厭魅《まじもの》の如き憑くもの
三津田信三　凶鳥《まがとり》の如き忌むもの
三津田信三　首無《くびなし》の如き祟るもの
三津田信三　山魔《やまんま》の如き嗤《わら》うもの
三津田信三　水魑《みづち》の如き沈むもの
三津田信三　密室《ひめむろ》の如き籠《こも》るもの
三津田信三　生霊《いきだま》の如き重《だぶ》るもの
三津田信三　幽女《ゆうじょ》の如き怨むもの
三津田信三　碆霊《はえだま》の如き祀るもの
三津田信三　魔偶《まぐう》の如き齎《もたら》すもの
三津田信三　シェルター 終末の殺人
三津田信三　ついてくるもの
三津田信三　誰かの家
三津田信三　忌《い》物《ぶっ》堂《どう》鬼《き》談《だん》
道尾秀介　カラスの親指〈by rule of CROW's thumb〉
道尾秀介　カエルの小指〈a murder of crows〉
道尾秀介　水の柩
深木《みき》章子《あきこ》　鬼畜の家
湊かなえ　リバース
宮内悠介　彼女がエスパーだったころ
宮内悠介　偶然の聖地
宮乃崎《みやのさき》桜子《さくらこ》　綺《き》羅《ら》の皇女《ひめみこ》(1)
宮乃崎桜子　綺羅の皇女(2)
三國青葉　損料屋見鬼《けんき》控え 1
三國青葉　損料屋見鬼控え 2
三國青葉　損料屋見鬼控え 3
宮西真冬　誰かが見ている
宮西真冬　首の鎖
宮西真冬　友達未遂
南　杏子　希望のステージ
村上　龍　愛と幻想のファシズム(上)(下)
村上　龍　村上龍料理小説集
村上　龍　新装版限りなく透明に近いブルー
村上　龍　新装版コインロッカー・ベイビーズ
村上　龍　歌うクジラ(上)(下)
向田邦子　新装版 眠る盃
向田邦子　新装版 夜中の薔薇
村上春樹　風の歌を聴け
村上春樹　1973年のピンボール
村上春樹　羊をめぐる冒険(上)(下)
村上春樹　カンガルー日和
村上春樹　回転木馬のデッド・ヒート

村上春樹 ノルウェイの森(上)(下)
村上春樹 ダンス・ダンス・ダンス(上)(下)
村上春樹 遠い太鼓
村上春樹 国境の南、太陽の西
村上春樹 やがて哀しき外国語
村上春樹 アンダーグラウンド
村上春樹 スプートニクの恋人
村上春樹 アフターダーク
村上春樹 佐々木マキ絵 羊男のクリスマス
村上春樹 佐々木マキ絵 ふしぎな図書館
村上春樹 糸井重里 夢で会いましょう
村上春樹・文 安西水丸・絵 ふわふわ
U・K・ル＝グウィン 村上春樹訳 空飛び猫
U・K・ル＝グウィン 村上春樹訳 帰ってきた空飛び猫
U・K・ル＝グウィン 村上春樹訳 素晴らしいアレキサンダーと、空飛び猫たち
U・K・ル＝グウィン 村上春樹訳 空を駆けるジェーン
T・ファリッシュ著 B・ルート絵 村上春樹訳 ポテト・スープが大好きな猫
村山由佳 天翔る
睦月影郎 密通妻
睦月影郎 快楽アクアリウム
向井万起男 渡る世間は「数字」だらけ
村田沙耶香 授乳
村田沙耶香 マウス
村田沙耶香 星が吸う水
村田沙耶香 殺人出産
村瀬秀信 気がつけばチェーン店ばかりでメシを食べている
村瀬秀信 それでも気がつけばチェーン店ばかりでメシを食べている
虫眼鏡 東海オンエアの動画が6.4倍楽しくなる本〈虫眼鏡の概要欄 クロニクル〉
森村誠一 悪道
森村誠一 悪道 西国謀反
森村誠一 悪道 御三家の刺客
森村誠一 悪道 五右衛門の復讐
森村誠一 悪道 最後の密命
森村誠一 ねこの証明
毛利恒之 月光の夏
森博嗣 すべてがFになる〈THE PERFECT INSIDER〉
森博嗣 冷たい密室と博士たち〈DOCTORS IN ISOLATED ROOM〉
森博嗣 笑わない数学者〈MATHEMATICAL GOODBYE〉
森博嗣 詩的私的ジャック〈JACK THE POETICAL PRIVATE〉
森博嗣 封印再度〈WHO INSIDE〉
森博嗣 幻惑の死と使途〈ILLUSION ACTS LIKE MAGIC〉
森博嗣 夏のレプリカ〈REPLACEABLE SUMMER〉
森博嗣 今はもうない〈SWITCH BACK〉
森博嗣 数奇にして模型〈NUMERICAL MODELS〉
森博嗣 有限と微小のパン〈THE PERFECT OUTSIDER〉
森博嗣 黒猫の三角〈Delta in the Darkness〉
森博嗣 人形式モナリザ〈Shape of Things Human〉
森博嗣 月は幽咽のデバイス〈The Sound Walks When the Moon Talks〉
森博嗣 夢・出逢い・魔性〈You May Die in My Show〉
森博嗣 魔剣天翔〈Cockpit on knife Edge〉
森博嗣 恋恋蓮歩の演習〈A Sea of Deceits〉
森博嗣 六人の超音波科学者〈Six Supersonic Scientists〉
森博嗣 捩れ屋敷の利鈍〈The Riddle in Torsional Nest〉
森博嗣 朽ちる散る落ちる〈Rot off and Drop away〉
森博嗣 赤緑黒白〈Red Green Black and White〉
森博嗣 四季 春～冬
森博嗣 φ《ファイ》は壊れたね〈PATH CONNECTED φ BROKE〉

講談社文庫　目録

森 博嗣　θ《シータ》は遊んでくれたよ〈ANOTHER PLAYMATE θ〉
森 博嗣　τ《タウ》になるまで待って〈PLEASE STAY UNTIL τ〉
森 博嗣　ε《イプシロン》に誓って〈SWEARING ON SOLEMN ε〉
森 博嗣　λ《ラムダ》に歯がない〈λ HAS NO TEETH〉
森 博嗣　η《イータ》なのに夢のよう〈DREAMILY IN SPITE OF η〉
森 博嗣　目薬α《アルファ》で殺菌します〈DISINFECTANT α FOR THE EYES〉
森 博嗣　ジグβ《ベータ》は神ですか〈JIG β KNOWS HEAVEN〉
森 博嗣　キウイγ《ガンマ》は時計仕掛け〈KIWI γ IN CLOCKWORK〉
森 博嗣　χ《カイ》の悲劇〈THE TRAGEDY OF χ〉
森 博嗣　ψ《プサイ》の悲劇〈THE TRAGEDY OF ψ〉
森 博嗣　イナイ×イナイ〈PEEKABOO〉
森 博嗣　キラレ×キラレ〈CUTTHROAT〉
森 博嗣　タカイ×タカイ〈CRUCIFIXION〉
森 博嗣　ムカシ×ムカシ〈REMINISCENCE〉
森 博嗣　サイタ×サイタ〈EXPLOSIVE〉
森 博嗣　ダマシ×ダマシ〈SWINDLER〉
森 博嗣　女王の百年密室〈GOD SAVE THE QUEEN〉
森 博嗣　迷宮百年の睡魔〈LABYRINTH IN ARM OF MORPHEUS〉
森 博嗣　赤目姫の潮解〈LADY SCARLET EYES AND HER DELIQUESCENCE〉

森 博嗣　まどろみ消去〈MISSING UNDER THE MISTLETOE〉
森 博嗣　地球儀のスライス〈A SLICE OF TERRESTRIAL GLOBE〉
森 博嗣　レタス・フライ〈Lettuce Fry〉
森 博嗣　僕は秋子に借りがある I'm in Debt to Akiko〈森博嗣自選短編集〉
森 博嗣　どちらかが魔女 Which is the Witch?〈森博嗣シリーズ短編集〉
森 博嗣　喜嶋先生の静かな世界〈The Silent World of Dr.Kishima〉
森 博嗣　そして二人だけになった〈Until Death Do Us Part〉
森 博嗣　つぶやきのクリーム〈The cream of the notes〉
森 博嗣　ツンドラモンスーン〈The cream of the notes 4〉
森 博嗣　つぼみ茸《きのこ》ムース〈The cream of the notes 5〉
森 博嗣　つぶさにミルフィーユ〈The cream of the notes 6〉
森 博嗣　月夜のサラサーテ〈The cream of the notes 7〉
森 博嗣　つんつんブラザーズ〈The cream of the notes 8〉
森 博嗣　ツベルクリンムーチョ〈The cream of the notes 9〉
森 博嗣　追懐のコヨーテ〈The cream of the notes 10〉
森 博嗣　カクレカラクリ〈An Automaton in Long Sleep〉
森 博嗣　DOG&DOLL
森 博嗣　森には森の風が吹く〈My wind blows in my forest〉
森 博嗣　アンチ整理術〈Anti-Organizing Life〉

諸田玲子　森家の討ち入り
森 達也　すべての戦争は自衛から始まる
本谷有希子　腑抜けども、悲しみの愛を見せろ
本谷有希子　江利子と絶対〈本谷有希子文学大全集〉
本谷有希子　あの子の考えることは変
本谷有希子　嵐のピクニック
本谷有希子　自分を好きになる方法
本谷有希子　異類婚姻譚
本谷有希子　静かに、ねぇ、静かに
茂木健一郎　「赤毛のアン」に学ぶ幸福《しあわせ》になる方法〈偏差値78のAV男優が考える〉
森林原人　セックス幸福論
桃戸ハル編・著　5分後に意外な結末〈ベスト・セレクション〉
桃戸ハル編・著　5分後に意外な結末〈ベスト・セレクション　黒の巻・白の巻〉
桃戸ハル編・著　5分後に意外な結末〈ベスト・セレクション　心震える赤の巻〉
森 功　高倉健〈隠し続けた七つの顔と「謎の養女」〉
望月麻衣　京都船岡山アストロロジー
山田風太郎　甲賀忍法帖〈山田風太郎忍法帖①〉
山田風太郎　伊賀忍法帖〈山田風太郎忍法帖③〉
山田風太郎　忍法八犬伝〈山田風太郎忍法帖④〉

2022年6月15日現在